U0861993

猛犸译丛

The Return of Munchausen

慕肖森男爵之归来

Sigizmund Krzhizhanovsky

[俄]西吉茨蒙德·科尔扎诺夫斯基 著

王一笑 冯冬 译

广西科学技术出版社

知了
ZHILIAO

作者简介

西吉茨蒙德·科尔扎诺夫斯基（Sigizmund Krzhizhanovsky，1887—1950），俄国伟大的小说家、剧作家，堪称“被划掉的大师”。自二十世纪二十年代起，他独自在莫斯科窄小的公寓里写下三千多页的手稿，然而这些“不可印刷、不合时宜”的作品在他生前一直未能出版。一九七六年，科尔扎诺夫斯基的遗稿被人从档案馆里发掘出来；一九八九年，他的短篇小说第一次公开出版；二〇一〇年，一套五卷本的科尔扎诺夫斯基俄文作品被整理出版。英译本目前有《骷髅自传》《未来记忆》《字母杀手俱乐部》《慕肖森男爵之归来》《并不存在的国度》《第三人：一部三十年代斯大林主义喜剧及其剧评》等。

科尔扎诺夫斯基出生于乌克兰，为波兰移民后裔，青年时期在基辅大学主修法律和语言学，并游历欧洲。一九一七年俄国十月革命后，他返回基辅，任教于当地的音乐和戏剧学院。一九二二年，他移居莫斯科，主要靠撰写评论和为《苏联大百科全书》写词条谋生，并因讲授戏剧和音乐，在文学界声名鹊起。苏联肃反运动时期，他将自己的手稿藏在朋友家以防不测。他的小说展示了特定背景下非存在物对日常存在的渗透，模糊了睡眠与清醒、真实与虚幻、生与死的界限，将超现实奇幻与“次薄事物”连接。生活中司空见惯的沉闷、不安以及存在的焦虑都是他的写作对象。他对当权者冷峻的讽刺与谴责穿插在每一个故事中。

译者简介

王一笑

诗人、译者。著有诗集《异岸之火》《是时间在唱歌》，译有科尔扎诺夫斯基的小说《骷髅自传》《未来记忆》《慕肖森男爵之归来》、法国作家马塞尔·施沃布的小说《离经叛道集》。

冯冬

诗人、学者、译者。译有法国诗人勒韦迪叙事诗《塔朗窃贼》《西尔维娅·普拉斯诗全集》《蛛网与磐石》等；著有《深海之镜：保罗·策兰的陌异诗学》《默温诗之欲望与无限性》，评论集《缪斯之眼》，诗集《思辨患者》《平行舌头》《沙漠泳者》《残酷的乌鸦》。

内容简介

德国贵族希罗尼穆斯·冯·慕肖森（Hieronymus von Münchausen）（旧译“闵希豪森”）男爵是欧洲历史上相当有名的传奇人物。他的故事对欧洲想象力的影响可以追溯到十八世纪晚期，他第一次提着辫子把自己（同他的马）从沼泽中拉出来。这位前骑兵军官夸张的故事被写成传奇小说《慕肖森游记》，很快便跨越大陆，跨越世纪，历经数百个版本，篇幅越来越长，内容越来越丰富。

科尔扎诺夫斯基笔下的慕肖森男爵穿越时空，从“一个巨大的世纪钟面”跌落至二十世纪二十年代，并陷入困境，他将在欧洲第一次世界大战后脆弱的和平、遍地哀悼和政治阴谋中重新发现想象力所在。“对我来说，”他声称，“哲学家们的辩论是从彼此手中攫取真理，就像乞丐们为了一个硬币打架。”超越真理的男爵，反而陶醉在烟雾之中。他是“未必可能之事”的奉献者和“圣无人”的信徒。然而当男爵迷失于自己扭曲的想象时，他能通过外交手段治愈欧洲吗？科尔扎诺夫斯基借鉴了历史人物慕肖森的事迹，以及奥古斯丁、狄德罗、康德等哲人的学说，通过把这位“老谋深算”

的英雄送入布尔什维克的中心，揭示“夜莺的婉转早晚胜过工厂的笛声”。

这部中篇小说如科尔扎诺夫斯基大多数作品一样幽默而博学，点缀着精彩的哲学讨论和政治反讽，鲜有作家能比他更坦诚地触及文学想象对读者和创作者的影响。

目录 contents

每一位男爵都会心血来潮

一个行人横穿过柏林亚历山大广场，向一个门廊的雕花玻璃门伸出手。就在这时，从人潮涌动的街上传来报童的叫喊。

“喀琅施塔得叛乱！”①

“布尔什维克完蛋了！”

这个行人拱肩抵御春寒，一只手伸入衣兜，笨拙地在衣缝间摸索。“该死！连一个芬尼也没有。”他猛地推开那扇门。

他跃过一块长地毯，又一次跳过两级台阶，在上面留下泥泞的脚印。

到达第一个楼层。“您找哪位？”

“请禀告男爵：诗人翁町拜访。”

男仆上下打量访客，从他的破靴子到皱巴巴的姜黄色软呢帽，又问道：“您是？”

① 一九二一年三月，苏联爆发的一场反革命叛乱，发生于俄国波罗的海海军要塞喀琅施塔得。

“恩斯特·翁町。”[1]

“请稍等。”

男仆退去，随后回来，声音里流露出意想不到的吃惊。

“男爵会在书房见您。请上楼。”

“噢，翁町。”

“慕肖森。”

他们握手。

“太好了，请过来坐到火边。”无论怎么看，客人和主人都毫无相似之处：两双鞋并排在壁炉栏边，一双是无可挑剔的漆皮鞋；另一双则是我们已见过的沾满泥污的靴子。两个肩膀并靠在哥特式扶手椅上，一张刮得干干净净的长脸，眼睛半闭，有着优雅的贵族鼻子；另一张脸则有着双下巴、扁平的红鼻子和一头乱发，一对瞳仁藏在针刺般的睫毛底下。

两人稍坐片刻，看着壁炉里舞动的红蓝色的火星。

“雪茄在那张边桌上。”男爵终于说。

他的客人伸出一只手，皱巴巴的条纹袖口跟在手后面。雪茄盒盖咔嗒一声打开，接着是剪刀切开干烟叶的颤音，随即灰色的烟雾缕缕升起。

男爵眯眼看向跳动的火苗。

① Ernst Unding：德语里意为“真诚的废话”。

“我们德国人甚至还未学会怎样应对烟雾。在它旋转着安顿在烟管斗里之前，我们就把它吞下去了，就像吞下杯子里的酒沫。牙齿间叼着粗短雪茄的男人的想象力也同样发育不良。请允许我……”

男爵起身走到对面一个古色古香的壁橱前。一把小钥匙咔嗒作响，沉重的雕花门嘎吱一声打开了。翁町以目光和他的雪茄的微光紧随其后，只见在男爵那瘦长的背影后面，壁橱的木钩上挂着一件一个多世纪都没人穿过的刺绣马甲、一把插在破剑鞘里的长剑、一个镶珠盒子里的一杆弯烟斗、一根没打粉但带蝴蝶结的乱糟糟的辫子。

男爵从木钩上取下烟斗，审视一番，又回到座位上。片刻后，他的脸颊陷下去，以鼻孔吸入烟斗里冒出的烟雾，这时他的喉结跳出衣领。

“我们对雾气的了解就更少了，”男爵抽了几口，接着说，“首先是形而上学的雾气。顺便一提，翁町，你今天来得正好。明天我打算去拜访伦敦的雾，还有一些住在雾中的人。是啊，从泰晤士河面上升起的‘白纱’可以混淆形体，可以遮蔽风景、世界观，掩盖事实，并且……总之，我要去伦敦了。”

翁町身体坐直。

“那您太对不起柏林了，男爵。我们也掌握了一些东西：

例如代用品[①]、虚构主义形而上学[②]——”

慕肖森打断他：“我们不要重拾以前老掉牙的辩论了，这么说吧，它比你想象中的还要古老。大约一百年前，蒂克[③]和我彻夜不眠地争论这个话题——换言之，你说得没错，但这能改变什么吗？他当时坐在我的右边，就像你这会儿坐在这里一样。他一边磕出烟斗里的烟灰，一边威胁说要拿梦幻来摧毁现实，把现实炸个粉碎。我提醒他，就算小商店的店主也有梦想，而一根绳子，尽管在月光下像一条蛇，但却咬不了人。相反，我与费希特的争论要少得多。‘博士，’我对那位哲学家说，‘既然非我已从我中跳出来，它最好经常回顾一下自己的**来处**。’费希特先生对我彬彬有礼地微笑，算是回答。”

“请允许我笑得不那么彬彬有礼，男爵。那根本经不起推敲嘛，就像蒲公英花籽一样经不起风吹。我的‘我’并没有等待‘非我’的回望。不如说，它转离了一切的‘非’，正像它被教化的那样。我的记忆也许无法跨越几个世纪，”

① 指第一次世界大战期间柏林人被迫消费的各种替代食物、日用品。

② 指德国哲学家费英格（Hans Vaihinger，1852—1933）提出的“仿佛”哲学。他认为人类的心灵为了思考和维持自己而虚构事物，如上帝、不朽和自由。虽然它知道这些信仰是不真实的，但它可以通过“仿佛”来假装其真实存在而获益。

③ 路德维希·蒂克（Ludwig Tieck，1773—1853）：十八世纪德国浪漫主义诗人、作家。

翁盯向男爵点了点头——“但我仍记得我们的首次会面，五个星期前，就像今天。一张大理石小桌旁，两对眼睛、两杯啤酒偶然地邻近。我坐着喝我的酒，而您从未将杯子拉近嘴唇，唯独时不时地向侍者点头，他会用另一杯啤酒代替您未饮的那杯，而这杯仍然也不被喝下。当我有点儿醉时，问您既然不喝酒，干吗还要酒？‘我感兴趣的是爆裂的泡沫，’您说，‘当泡沫都破灭，我就得再叫一杯有新鲜泡沫的。每个人都以自己的方式消遣，这泔水愉悦我的是它的假冒及其替代性。’您耸了耸肩，打量我——我得提醒您，慕肖森——仿佛我是您杯沿上的一个气泡。”

“你怀恨在心了。”

“我心里怀着很多事：我脑海中那五彩的旋转木马还在转着，就在那里，在两个相触的啤酒杯旁。我们一起越过陆地和海洋，速度比地球自转的还快。我就像一只网球，被击来打去，从一个国家跳到另一个，从过去跳到未来，又回到过去。当我被击出局时，我问：‘您是谁，一个人一生如何能经历如此多的漫游？’——而您礼貌地鞠一躬，说出了您的名字。冒牌啤酒带来一次假装的晕头转向的陶醉，当现实如泡沫般破碎，幻影就溜入并取而代之。您在摇头，表示讽刺？您很清楚嘛，慕肖森男爵，私下里说，作为诗人，我很乐意相信您就是您，但作为一个有点儿头脑的人——”

电话铃刺耳地中断了这场谈话。慕肖森伸出一只细长的手接过听筒，食指上戴着一枚椭圆形月光石。

“您好！是哪位？哦，是大使先生。好的，没问题。我一小时内到。”

听筒回到它的金属摇篮。

“亲爱的翁町，一位诗人承认我的存在，我荣幸至极。但就算您不再相信我希罗尼穆斯·冯·慕肖森，外交官们却不会。您的眉头上扬了，想知道为什么？因为对他们来说，我不可或缺，仅此而已。在他们看来，法律上的存在丝毫不逊色于事实上的存在。正如您所见，外交协议里的诗意远远超过了您那些无用的诗文。”

“您开玩笑吧。”

“绝对没有。生命，如任何一件商品，受供需关系的影响。难道报纸和战争没教给你这些？政治、股市的情形是这样的——我不能仅仅指望活着，我还得身强体健啊。我的朋友，别急着把我当成一个幽灵，把我打发回藏书室的书架上。别那样。”

“好吧。”诗人微笑，注视这位又高又瘦的对话者，“如果慕肖森家族股票价格上涨，我很可能趁机买入，一直到价格升至‘存在’为止。然而，让我感兴趣的是那个**如何**。当然我承认在事实与虚构之间，在‘我’的现实性和‘非我’

的现实性之间，存在着某种弥散效应。但即便如此，我们如何能不借助视听幻觉就坐在这儿交谈？我得搞清楚真相。如果您称我为‘朋友’的这个词有任何意义的话，那么……”

慕肖森似乎有些犹豫。

“来一次忏悔？这更像圣奥古斯丁的作风，而不像慕肖森男爵的派头。如果您非要……那么请允许我时不时地从真相的渔网逃入自由的幻影——别无他法。这么说吧：请您想象一个以世纪为刻度的巨大钟面，它的黑色指针从一个时间点走向下一个，从一个日期滑向另一个。您如果跨坐在那根指针上，就能如此航行：一七八九、一八三〇、一八四八、一八七一[①]，诸如此类。说实在的，我的头还因那些奔驰的年代而眩晕。我的挚友，想象一下吧，您那谦恭的仆人绕着时间的钟面转圈，双膝紧夹着那钟的指针——孤零零地悬在变换的岁月以及那些岁月里发生的所有事情之上！顺便提一下，我忘记锁上壁橱了，那里面的木钩会让您更清楚地目睹当时的我：我的辫子、马甲、剑都曾悬在那钟面上，随着指针震荡而颠簸。指针越来越猛烈地指向数字：一七八九年，我的双膝夹得更紧些；到了一八七一年，我必须两只手、两条腿紧紧圈住指针；一九一四年，这些数字的震荡简直让人

① 欧洲革命剧变的年代，涵盖了法国大革命和巴黎公社运动。

难以忍受；一头撞入一九一七至一九一八年时，我终于失去平衡，脑袋朝下栽了下来。

“只见斑驳的海洋和陆地穿过空气向我袭来，起先模糊，但很快就清晰了。我伸出一只手寻找支撑点：只摸到空气，除了空气还是空气。突然，我的掌间感到一阵撞击，我攥紧指头，手里竟然握住一个塔尖，好玩吧？一个普通的教堂的塔尖[①]。距我头顶几英尺高的地方有一只风向标。我爬起来。微风吹拂，风向标左摇右晃，我能平静地看着大地在我脚下二三十码远的地方铺开：辐射状道路、大理石台阶、被砍伐的圆木桩，以及喷泉水流透明的抛物线。所有这些都看着眼熟，不像是初见。我滑下塔尖，停在一个烟囱上，俯瞰这一场景：凡尔赛宫，当然啦！凡尔赛，我落在了特里亚农宫的屋顶上。但是怎样下去呢？我身后翻滚的弹力十足的烟浪给出了一个简单易行的主意。哦，提醒你一下，如果此刻我是固态的，也就是说，我积聚了一定的重量，那么在那个初降日，我比烟雾重不了多少。我跳入滚滚烟流，如潜水者入水，缓缓地下沉。慢慢地，我发现自己沉到底了，抛开我们的比喻吧，我沉到一个壁炉里——很像这一个。”一只漆皮

① 神话般的慕肖森冒险故事始于他在俄罗斯的深雪中骑马。被黑夜和困倦征服的他把马拴在一个从雪地里伸出来的树桩上。醒来后，他发现自己躺在一个乡村墓园里，他的马悬挂在教堂的尖塔上，因为雪融化了。

平底便鞋指了指炉火已灭的壁炉铁栏，“我看四周一个人也没有，于是走出来，走到壁炉旁站定。从一长溜塞满书籍和文件袋的书橱判断，我是在宫殿的藏书室里。我听了听：墙那边传来拉动椅子的刮擦声，然后是钟摆的滴答声敲出的寂静，接着是某个人平稳的说话声，隔着墙听起来十分低沉，仿佛拖鞋拍打地板。我从指针跌到钟面上，当然不知道这是凡尔赛和会的一次分会议。在藏书室的桌上，我发现一个卡片档、一些最近的报纸和装满官方报告的文件夹。我开始读这些东西，并迅速评估政治时局。突然，我听到一把椅子向后拉动的声响，低沉的话音，还有一个正靠近藏书室大门的声音。此刻我……不行，我还得再看看那老壁橱。”

恩斯特·翁町向前俯身期待故事的下文，不耐烦地看着中断讲述的男爵，后者拖着步子走到从壁橱深处伸出的挂钩前，把手伸入那件古老马甲的起皱的口袋。

“找到了。”慕肖森转向他的客人，向他伸出一只手，手里是一册四角镶摩洛哥皮革、带金边的小八开本，“这件东西我很少离身。给你饱个眼福：一七八五年，伦敦第一版。”

他打开已磨损的脆弱的书册。翁町的目光扑向标题页，掠过那行字：“慕肖森男爵在俄罗斯的奇妙旅行和战役”[①]。

① 指鲁道夫·埃里希·拉斯普（Rudolf Erich Raspe，1737—1794）所著《慕肖森男爵在俄罗斯的奇妙旅行和战役》（1785）一书。

那本书啪地合上，滑到故事讲述者的旁边，落到他椅子的宽大扶手上。

“我担心被当作搜集外交秘密的间谍给抓住，”慕肖森接着说，又把鞋底搁到壁炉架上，“我急忙躲藏，打开我的这本书，就像这样，蹲下来，膝盖紧贴下巴，脑袋尽可能地缩入肩膀，跳进书页，啪的一声在身后合上书，呃，就像你砰的一声关上身后电话亭的门。那一瞬间，脚步声闯入藏书室并接近那张桌子，我正平展地躺卧，在六十八到六十九页之间。”

“我得打断您，”翁町从他的椅子上起身，“首先，您怎么能将自己缩到和那本口袋书一样小?”

“其次，”男爵以掌根拍打红色摩洛哥皮革，“我讨厌被打断……再次，你是个糟糕的诗人，我以我的烟斗起誓，如果你不明白，书——如果它们只是书的话——也许会与现实相符，但永远不会与现实成比例!”

“好吧。”翁町咕哝道。

故事继续。

“碰巧的是，那个差点儿吓我一跳的人（插一句，他是焦头烂额的外交牌局中一张信誉良好的王牌）确实让我们两个都吃了一惊。那外交王牌的手指滑过众多书籍的封面，搜寻着什么参考资料，碰巧被我的摩洛哥皮革庇护的大门给绊住，于是书页翻开。我——我承认当时我多少有点儿尴尬——忽而三维立体化，忽而变回二维，不知所措。雪茄自王牌嘴边掉落，他双手扬起，跌入一把扶手椅，瞪着我。我别无选择，只好走出我的书，合上它收入臂下，就像这样。接着，我拉过一把椅子面对外交官促膝坐下。‘历史学家会宣称’——我勉励地点了点头——‘是您发现了我。’外交官总算回过神来，问道：‘我幸会的是哪位？’我没说话，从口袋里掏出这个递给他。”

一张方形名片在翁町眼前闪动，飘到他的椅子里，名片上的哥特式手写体内容如下：

希罗尼穆斯·冯·慕肖森男爵
世界内外的魅影与轰动效应
供应者
始自一七二〇年

这四行字悬在空中，在男爵的手指间翻腾，然后消失了。故事中断后又继续时，墙上的钟还没敲响十下。

“那一次的停顿并不比这次的更久，我注意到那位外交官脸上老练的表情变得对我有利了。当他的心思从大前提挪到小前提，我善意地给出结论：‘我，希罗尼穆斯·冯·慕肖森，您再也找不到比我更适合的亟需之人了。我以荣誉向您起誓，至于别的……’我打开我的八开本，准备从这世界隐退入书本，可以这么说吧，但那位外交官立刻抓住我的胳膊肘说：‘看在上帝的分上，我恳求您。’我想了想，决定留下来。我的旧居——在这儿，在六十八与六十九页之间，您可以看看——已然空了，我想，就算不是永远的话，也空了很长时间了。”

翁町看到在那折起来的页面上的两个段落之间，有一个用黑线框出的精致的长方形，但长方形内只余一片空白——插图不见了。

“就在这儿。您应该知道，我的职业生涯是从一个大使馆的普通秘书开始的[1]。那之后……现在，时针指向我们分别的时刻。亲爱的翁町，我得走了。”

男爵摁了一下铃。男仆的络腮胡子飞奔到门口。

“请将我的燕尾服拿来。”

络腮胡子闪退。男爵起身，他的客人也站了起来。

“是——啊，”慕肖森拉长声调说，“他们让我脱下马甲，剪掉我的辫子。顺其自然吧。但要记住，我的朋友，那一天终将到来，这些无用的物件”——一根戴着椭圆月光石的细

① 真正的慕肖森的职业生涯始于在俄国的服役，当时他是安东·乌尔里希王子（沙皇安娜的侄孙）属下布伦瑞克兵团的侍从。

指头先知般指向打开的壁橱——“这些腐朽的遗物会从木架上被取下来放在织锦绣垫上，像圣物一样，被庄严地列队送到威斯敏斯特大教堂。”

恩斯特·翁町的目光正看向别处。

“您已经比慕肖森更加慕肖森了。相信我——作为一位诗人。”

月光石掉落下来。让翁町吃惊的是，此刻男爵的脸挤出无数笑纹，至少让他老了一百岁。他的眼睛狡黠地眯成一条缝，薄嘴唇微张，露出长长的黄牙。

“的确，想当年我住在俄国的时候，他们编造了一句关于我的谚语：每个男爵都有奇思怪想。‘每个’是后来添加的。您知道，名字或诸如此类的东西很容易被遗忘。不管怎样，我满怀希望地自认为我比其他男爵更好、更广泛地利用了**放飞幻想的权利**。我感谢您，就像一位诗人对另一位诗人。”

一只枯萎但坚韧的手抓住翁町的手指。

“随你吧，我的朋友，您要么相信，要么不相信慕肖森。但是，如果您怀疑我的握手，就深深地冒犯了一位老人。再见。加一点忠告：不要让您的眼睛洞悉一切。如果您钻穿了酒桶，酒就会流出来，只剩下一个愚蠢的、嗡嗡作响的空桶。”

翁町在门口笑了笑，离开了。男爵在仆人的帮助下穿上他的燕尾服。随后，一位优雅的秘书快步走入房间，碰了碰脚跟，递给男爵一个沉重的公文包。慕肖森竖起衣领，左手的拇指和食指在从公文包里伸出来的文件夹的边缘上滑动。他迅速地翻阅：万国联盟协议书，与《布列斯特和约》[①]有关的原始文件，一字不漏的阿姆斯特丹会议内容，无数的协议、条约——包括《华盛顿公约》《凡尔赛条约》《色佛尔条约》。

以一种挑剔厌恶的方式打量这些，慕肖森提起公文包底部的两个角，将所有的内容都抖落到地板上。同时，秘书和男仆收拢起纸堆，男爵走到耐心等候在椅子扶手上的镶金边的摩洛哥皮革书册旁，那本书潜入摆脱了累赘的公文包，公文包随即啪的一声关上了。

① 第一次世界大战末期苏俄政府与以德国为首的同盟国在布列斯特－立托夫斯克（今布列斯特）签订的和约。它是以列宁为首的布尔什维克为保存新生的苏维埃政权而采取的暂时性的妥协行动。

怒吼的烟雾

楼梯在翁町脚下迅速地掠过，然后柏油人行道的潮气渗入他那破鞋底。男爵的汽车喇叭嘟嘟响着从后面呼啸而过，溅了这位步行者一身泥水，黄色车灯如一双眼睛在春天的薄暮中穿行。

翁町竖起衣领，大步跨过一道嗡嗡作响的拱门，四条平行的铁轨悬浮其上[①]，然后沿着宽阔笔直的昔日国王大道行走。在他的右边浮现的是宫殿的飞檐以及方形、拱形的石建筑[②]。被车轮磨平的釉面般光滑的柏油路上映出一连串紫珠般的街灯；垂暮笼罩的宫殿飞檐下，被雨水浸透的革命旗帜低垂[③]。再远些，林登大道上左右两侧的铸铁长凳掠过翁町眼前，这时他看到——青铜马蹄击打着空气——勃兰登堡门顶部的黑色四马双轮战车。

他仍有一长段路要走，穿过长长的蒂尔加藤公园，然后

---

① 柏林的一种有轨电车或轻轨。

② 柏林宫，也称柏林王宫，是德国柏林市中心的宫殿，一九一八年之前曾是普鲁士王国的王宫和德意志帝国的皇宫。

③ 指一九一八至一九一九年间发生的德国革命，导致德意志帝国皇帝威廉二世被推翻，魏玛共和国建立。

沿着俾斯麦大道，经过十个十字路口，才能走到夏洛滕堡偏远的边缘。空气潮湿而多雾，像廉价粗制的假冒空气；街灯的玻璃球酷似一个个泡沫灯泡，即将飞向天空。与此同时，黑暗如雪崩般无声地滚落到屋顶和人行道上。蒂尔加藤大道上光秃的树木从他的脚边闪过，让诗人想起被飞弹屠宰的灌木，但随即他的联想比他的眼睛更近地在颅骨内浮出一张虚幻的战壕纵横的街路之网。翁町停步，聆听片刻，他断定就在那边，在蒂尔加藤之外，城市的嗡鸣声听起来像是减弱的炮火的轰隆声。他右手的拇指和食指底下仍回味着慕肖森手掌的压力，然而他突然清晰地感到一把毛瑟枪炽热的钢栓正烧灼他的皮肤。

“幻觉。”翁町咕哝道，环视着星辰、街灯、树木以及分叉的路径。

有个人影摇晃着，像是被点名召唤，半心半意地向诗人移来。他看到一顶湿透的帽子下被饥饿和胭脂侵蚀的颧骨——一个妓女。翁町移开目光继续赶路。一开始，他努力想为这个“魅影”加一个亲昵的后缀：但无论是“亲”还是“琳”都不合适。于是，他听着自己脚步的节奏，开始在心中反复思索谐音和韵律，这种熟悉的练习将外部世界缩减到他那顶软呢帽的半径范围内，词语的无声琴键开始弹弄。

与某人肩膀的相撞扰乱了一行诗句：丢下韵脚，诗人抬眼四顾。他早走过了住宅的入口。突然，他感到疲惫袭来，膝盖上仿佛绑着重物。翁町琢磨着那可恶的总和：二乘以二百等于毫无价值的四百步，这是他唯一的报酬。

恩斯特·翁町几乎不是早报的固定读者。但与慕肖森告别之后，他碰巧看到一条关于一位外交使团成员的三行字的报道：

M男爵已乘快车离开，
带着秘密使命，
前往伦敦。

接着，一个星期后，一篇以大号字体印刷的简报宣称：M男爵在英伦有影响力的圈子里斡旋成功。这个名字的其余字母似乎消失在伦敦的浓雾里了。翁町微笑着把报纸放到一边。他错过了后续报道：他得了感冒，卧床五六个星期，在此期间一无所知。等他恢复了体力，能蹒跚到窗前，打开窗，一阵和煦的春风扑面而来。窗户下面，报童们竞相吆喝的声音在墙壁间回荡。翁町斜倚窗台，先是抓住了话尾，接着是开头，然后是整句呼叫：

“号外！号外！慕肖森男爵评论卡尔·马克思！”

“慕肖森男爵论……”

开始刮风了。处于康复期的这人关上窗，喘息着坐到一把椅子上。他的嘴唇清晰地吐出无声的词语："又开始了。"

与此同时，慕肖森男爵顺利抵达伦敦。正如他所言，当地的大雾对他极为关照。大雾谦恭而忠实地为他服务。他能将雾气装满很多脑袋，比专业挤奶女工把她的货物倒入罐子还要熟练。

"马儿和选民，"这位男爵喜欢在朋友中间这样说，"如果你不给它们戴上眼罩，它们就会把你抛入附近的水沟。我向来很欣赏特尼尔斯[①]的绘画技巧，他能让黑的变白，让白的渐变为黑：经由灰色。政治上的中立如同绘画的中性色调，让约翰、君特和皮埃尔们继续在迷雾中瞪大眼睛吧：'那是什么？是月亮，还是一盏街灯？'"

然而，这些悖论很少能走出男爵现在居住的贝斯沃特路的三层小楼。他故意选了一栋远离查理十字街的房子，远离喧嚣与一波波人浪。小别墅的后面是宽阔而不太嘈杂的帕丁顿街道，从顶层的窗户可以看到长长的铸铁栏杆，后面是肯辛顿花园安静的步行道。在冬季，树木上结出一簇簇棉花状

① 大卫·特尼尔斯（David Teniers，1610—1690）：佛兰德斯画家，老大卫·特尼尔斯的儿子和学生，以描绘农民生活的风俗画而闻名。一六三七年，他娶了画家老布鲁盖尔的女儿安娜为妻。

积雪；在夏季，相同的树底下，斑驳的阴影如墨迹般落上橘色沙砾的小路。

刚安顿下来，慕肖森男爵就请人挖开了房前的小花园。他亲手撒下装在旅行箱底部一个小古董盒子里的土耳其豆的种子，用以取代原先用花草拼出图案的花坛和一直延伸到别墅红砖的草皮。浇几次水，豆子就以超乎寻常的速度生长，在墙面上攀爬，越长越高。如果中午它们还在一楼打转，那么到了晚上，当朦胧的镰月刺穿灰褐色的雾气时，它们螺旋状的绿丝就已攀到三楼书房的窗口。男爵正在绿色灯罩下研究一些抄在旧笔记本上的小字。豆蔓继续以线状卷须盘旋上升，显然是瞄准了那钩弯月。但是慕肖森严厉地瞥了一眼这些漫游者，摇着一根手指警告："你们又来了？"[①]

第二天清晨，过路人目瞪口呆地注视着巨大的豆蔓架，它们交织盘旋一直延伸到屋顶，又带着卷曲的绿意突然垂到地上，人们只能摇头。从那天之后，贝斯沃特路上的房子就被称为"疯豆小楼"。

慕肖森的日常巡游印证了一位很受欢迎的美国作家的话："这个世界是由那些每天工作约两小时的人掌控的——

① 在被土耳其苏丹奴役时期，传说中的慕肖森向两只熊投掷他的银斧头，斧头出其不意地飞到了月亮上。于是，他种了一颗飞速生长的土耳其豆，从而找回了那把珍贵的斧头。这颗豆"实际上固定在月亮的一只角上"。

如果他们还有工作日的话。”[1]起床后，男爵会浏览一些晨报，喝一杯加奶咖啡，抽第一管烟草，把他的地毯拖鞋换成一双尖头绑腿靴，然后出门透透气。他以步行开始，从北门进入肯辛顿花园，随后向西走，一路徜徉于绿叶丛中。他喜欢看到多彩的阳光沿道路嬉戏，还有沙堡、小蝌蚪们——高龄英伦女士们捧着大号字母绘本童话书给它们讲故事。向左蜿蜒的是蛇形湖[2]闪亮的灰色鳞片。向右，一簇细枝迎面而来，那后面是从不存在的彼得·潘，最后是在西门等候的一辆豪华轿车。司机强尼为男爵打开车门，等车门咔嗒一声关上，男爵会一成不变地说：“去最不存在之地。”

强尼说：“好的，先生。”轿车绕着肯辛顿花园和海德公园的栏杆行驶，然后左转前往皮卡迪利大街。镶嵌着玻璃和石头的大道上，成千上万个轮子在滑行，现在又增加了四个。他们沿河岸街轻松驶向圣殿区——教堂塔楼高耸在屋脊之上，被浓雾笼罩——最后是圣保罗大教堂的圆顶。在大教堂的台阶旁，强尼再次打开车门，说：“我们到了，先生。”

在进去的路上，男爵分发便士给乞丐们。他最常拜访的是著名的回音廊，在那里低声呢喃一个词，一百英尺外都能

① 此处引用自美国作家威廉·伍德沃德（William Woodward，1874—1950）于一九二三年发表的小说《胡扯》。

② 蛇形湖是伦敦海德公园中的一个湖。

听到。然而有时，他会站在庄严的、大理石制成的惠灵顿纪念碑前。这里总是有一群叽叽喳喳的游客，呆头呆脑地时而看着柱顶上的卷叶，时而看着穹顶上的穗饰，时而看着刻在石头上的字母。但这些并不是慕肖森感兴趣的。他向一个杂役示意，指着一对寓言式人物雕像[①]问：

“那是什么？”

“那个是真理和谎言的真实写照，先生。”

“它们中哪一个是真理？”男爵眯眼。

“依我看的话，是那一个。”

“我记得你上次说那是谎言。”男爵眨着眼睛，右眉高挑。那个杂役早已习惯了这位访客的反复无常，知道这时候他无须盯着真理，也无须看着谎言，而是得瞧着这位富人手指间银光闪闪的先令，然后再感激地退后并消失。慕肖森带着一种平静、近乎愉快的表情从圣保罗大教堂走出来。他接着把一只脚踏在汽车踏板上，一如既往地做如下声明：“无论何时去找上帝，他都不在家。我们试试别处。”

男爵说出一个地址，强尼会右转车轮，驶向主祷文街，或是左转，驶向繁忙的弗利特街（又称“舰队街”），文字从

---

① 圣保罗大教堂内的惠灵顿纪念碑上，真相以女性形象表现，她正将作为谎言化身的、不戴面具的男性那长长的分叉舌头从嘴里抽出来，并用一只脚踩在他的胸膛上。

那里向全世界投掷；从这里出发，伦敦方圆二十英里的范围——一会儿向这边，一会儿朝那边——在呼啸的车轮下呈扇形打开。

打了两三通电话后，男爵对强尼点头示意："回家。"他们通常会驾车从肮脏的伦敦东区返回。那些污秽的房子就像压缩的雾，这位男爵将头仰靠在轿车皮垫上，他认为，这世界上只有一种东西永远不会被风筛走：污秽。

在疯豆小楼前，记者们已经在等待，铅笔们摆好架势。慕肖森耐心而优雅地回答所有的问题。

"我对议会制的看法？没问题。就在昨天，我完成了对英格兰所有演说家抬高和放低舌头所需的肌肉力量的计算。以上议院和下议院为例，按照一个发言人有三个质疑者的比例来算，如果我们把每年的会议次数乘以年数（从一二六五年到一九二〇年），加上所有派系、委员会和分委会，然后再把所有这些换算成普特[①]或马力，我们就能获得——想象一下吧——足以建造两座胡夫金字塔的能量。多么宏伟的成就啊！想想吧！社会主义者们竟然坚持认为我们从来不从事任何体力劳动。

"我的战斗计划？社会领域里的？非常简单，简单到了

① 俄国沙皇时期的计量单位，1普特相当于16.38千克。

原始的地步。即使是非洲的土著也能说出来。的确如此，他们那里的维多利亚湖有一个瀑布，其喧嚣和咆哮在方圆几英里外都能听到。你接近它时，会看到一团巨大的水汽云贯通天地。这被称为Mosi-oa-Tunya[1]，意为‘怒吼的烟雾’。就说这些吧。”

“先生，您去过那里吗？”一位记者问。

“我去过从未存在过的地方，比这远多了。一般来说，我认为——您要记下这些吗——我认为，只有两种能量是真实的：喧嚣与理性。如果两者联手，就可以……我们还是就此打住吧。”

男爵起身。记者们收起笔记本散去。

随后，男仆通告：午宴已备好。慕肖森下楼去餐厅。在众多的碟盘之间总有他最爱的烤鸭。饱餐之后，男爵走入书房，安坐进一把深扶手椅。当男仆在他伸出的脚旁忙着取下绑腿靴，换上羽绒拖鞋时，男爵会半闭上和蔼的眼睛，心满意足地凝视着窗外，看着伦敦迅疾的雨斜掠过公园的绿色景致。此时，到了疯豆小楼称之为“餐后格言”的时刻，门口悄无声息地出现了一位拘谨的女士。她把那张放着打字机的小桌从角落里拉出来，手指压到键盘上。慕肖森并没有立刻

① Mosi-oa-Tunya：维多利亚瀑布在土著语里的名称，该瀑布在赞比亚和津巴布韦的边界上，距离维多利亚湖很远。

开始口述，他先是吸了一口烟斗，将它从一边嘴角移到另一边，好似在思索该用嘴的哪一边吸烟，哪一边说话。男爵吸烟的方式很离奇：先喷出来的是鸽灰色球状体，然后在它们周围——就像土星的透明环——时而从右边，时而从左边绕出烟圈。

“开始吧。一块老林堡奶酪不怜悯任何人，但它仍然哭泣。”

“牡蛎还没来得及对柠檬的味道产生看法，就被吃掉了。”

打字员的耳朵藏在直直的红色短发里。她背对格言坐着，眼睛盯着雨水的斜线，手指轻敲按键，正如雨滴轻敲窗户。口述就这样继续，直到男爵敲出烟斗里的灰，说道：“谢谢。明天照旧。”

他试图站起来，但是睡意让他的身体变得沉重，他的思绪模糊，而现实正同那位红发女士一起悄无声息地溜出大门。

幻觉在他闭上的眼皮内奔涌：梦中一辆汽车载着他穿过怪异、无人、无声的街道。强尼一次喇叭也没摁，在圣保罗大教堂旁停下飞驰的车轮。慕肖森已将一只脚放在汽车踏板上，这时大教堂突然活了，它那巨大圆顶帽子下的头颅俯冲下来，它的十字架撞击着空气。这个“巨怪”拱起背，它身上所有的钟都在轰响：“先生，我怎样才能不转身就变成扫罗？”[①]机敏的强尼发动引擎，用力地转动方向盘把车开走，但这庞然大物拖着它十二根巨柱上的庞大的石头躯干，冲撞着跟来。变速箱咬紧牙关把车子推到全速，然而这个圆柱舰队“怪物”越逼越近。汽车在伦敦东区的一条窄道上疾驰。大教堂跟在后面，想趁势挤入，将一个棱角分明的石头肩膀插入裂缝似的小街。这时，慕肖森从座位上弹起，冲着沿街排布的几百只四方形眼睛大喊：“嘿！当心！别让它进来！”房屋们立刻从命，纷纷向对面的窗户移动，将大教堂截住。男爵如释重负地松了一口气，倒入靠垫间，只见强尼那张死一般苍白的脸转向他：“您做了什么？我们要被害死了！”的确，这时男爵才看到伦敦东区那些肮脏的房屋是一些排屋，砖头砌入砖头，像是被焊在一起，形成一个仅按数字划分的坚固方阵。一旦后方的砖盒子靠拢到一块儿，前方的砖头盒子也必须如此——街道的墙壁在慢慢合拢，威胁着要压扁超速行驶的汽车和里面的人。四轴汽车持续刮擦着墙壁——再快点——前方是公共广场的灯光。但是太迟了，这台巨大的“液压机”用多层盒子组成的“老虎钳”抓住了无力旋转的发动机，车子的钢铁挡泥板和车身噼啪爆裂，就像一只昆虫的翅膀被一只脚嘎吱压碎。男爵一顿猛踢，撞开右边的窗

① 暗示大教堂想要回到前基督教时代，那时的“圣徒保罗”没有归主改名，还是“逼迫教会的扫罗”。

框，跳进一间房子。但是运气抛弃了可怜的强尼，他被夹在两扇窗子中间，墙抵着墙，他短促的尖叫声消失在砖块的碰撞声中。随后一切安静下来。突然，从后面传来一个声音："先生，您得赔偿打碎的玻璃。"慕肖森转过身。他在一间简陋但整洁的屋子里，中间是一张普通的松木桌，上面摆着几碗滚烫的汤，桌前坐着一个只穿了件衬衫的中年男子，一个面颊潮红的瘦女人，还有两个坐在长凳上的小男孩。孩子们两腿悬垂，嘴里含着勺子，瞪大眼睛看着这位不速之客。"我还得警告您，玻璃涨价了，"那男人继续说，搅拌着他碗里的东西，"汤姆，给这位先生拿把椅子来，他最好还是坐下。"

然而慕肖森根本不想坐下来。"当扫罗已变成保罗，当街道全部消失，什么都没剩下，你怎么还能坐在这儿?"

让男爵惊讶的是，那男人毫不惊讶："如果你向虚空加点儿虚空，它仍是虚空。对一个无处可去的人来说，街道没什么用。孩子们，赶紧吃，别放凉了。"

男爵仿佛看到另一堵墙正在逼近，于是退向门边，撞翻了一把备用椅，跑下楼梯，发现四堵墙内有一个方形院子。"如果这个与前面的差不多呢?"他经过一个低矮的门廊，又出现一个四方院子，再过一个更低矮的门廊，又一个更小的四方院子。"该死的棋盘!"惊恐的慕肖森嘀咕。他随即看到在方形中央有一条巨大的圆腿，它那涂漆的黑鬃毛竖立——

一匹国际象棋马。一刻也未耽搁，男爵纵身跳上那匹马，搂着它高高的脖子，马的木头耳朵猛烈地抽搐。男爵以双膝夹紧光滑的漆面，感受到马的一条腿后蹲，接着向前跃起，再向前、斜行，向前、向前、斜行。地面一会儿消失，一会儿以摇晃的尖塔和屋顶猛击圆圆的马蹄，然而那包着毛毡的马蹄——慕肖森记得很清楚——持续狂暴飞奔。方形闪过，拼图般的田野、棋盘般的城市相继闪过，越来越多，向前、向前、斜冲、向前。圆马蹄重击之处时而是草地，时而是石头，时而是黑土。风在男爵耳边呼啸着消失，那匹马的跳跃愈加短促。此刻到了一片平坦的雪原上，寒意阵阵。黑马露出牙齿，又一次跳跃，突然停在了冰雪平原上，毛毡马蹄被积雪凝住。怎么办？慕肖森努力策马。“N. g8–f6；f6–d5，该死，d5–b6。”他高喊，回想起阿列克谢防御[①]。没用！这匹马出局了，木头老马退役了。男爵因愤怒和挫折大哭起来，他的眼泪被冻在睫毛上。人不可能在如此的寒冷中多撑一秒。他以手掌揉搓着耳朵，步履艰难地——向前，直行、斜行，直行、向前，斜行——在那以地平线为边缘的巨大的圆桌和它雪白光滑的桌布上寻找哪怕一个斑点。

① 阿列克谢防御：一九二一年由俄法国际象棋冠军亚历山大·阿列克谢引入。这是一个挑衅性的开局，黑棋让他的王翼马横冲直撞，引诱白棋的卒子去追逐它。

他突然看到不远处有一个模糊的影子左突右闪，那是一串灵巧的哥特式的带尖字母，有点儿像某种蜇人的蜈蚣。接着慕肖森看清了每一个字母，他读出了自己的名字，顿感震惊。那十八个字母——BARON VON MÜNCHAUSEN不失时机地扭曲着音节，滑向一个突然从地下冒出来的边防哨所：哨所上有块木板，木板上是一些字符。慕肖森勉强把冻在雪地上的鞋底扯出，追赶自己正逃离的名字。但他的名字已抵达哨所，而那路障在白色雪原上竖起红白色条纹。名字转过身看了一眼它的追逐者——在后面还有多远？那一刻，慕肖森清晰地目睹那路障快速地向下摆动，以红白色条纹击打第八个字母。他的名字如一条蛇被劈成两截，在疼痛中翻滚：MÜNCHAUSEN（慕肖森）在哨所的那边，BARON VON（男爵）在这一边。以墨血淋淋的N站起，可怜的BARON VON左突右撞，不知道该去哪里。慕肖森的目光从雪地上的字母移到边防所的标志USSR（苏联）上。他站立片刻，嘴巴大张，立刻想到：丢下你的名字跑吧。但他的鞋底又被雪地冻住了。他努力地挣出右脚，又拖拽左脚，而那四个边防字母突然骚动起来。慕肖森吓坏了，跳出鞋子，只穿着袜子就在冰雪硬壳上蹦跳；寒冷啃咬着他的脚踝，绝望中他胡冲乱撞，然后……醒了。

他右脚的拖鞋已掉落，他的脚放在冰冷的、打过蜡的木地板上。雨点拍打着书房的窗子，雨丝精致的线条裹在黑暗里。壁炉架上的布谷鸟报时七下。男爵摇铃。

疯豆小楼此时点亮了灯，准备迎接夜晚的宾客。楼下，橡木门上的扣环响个不停：第一位到来的是股票大王（K），一分钟后出现的是一位外交王牌（A），下一位是沉溺于招魂术的年长的女士（Q）。当那扇门终于被英国工党领袖下垂的胡子遮黑，慕肖森便起身迎接这位无赖（J）[①]。男爵像个幸运的纸牌玩家那样大叫道：

“同花顺！加入我们的游戏吧。您正是我们需要的人。”

但这时，这位很被需要的人旁边出现了一位前部长，他一向很受这栋舒适的小别墅的欢迎，尽管没了公文包，也一如既往地受到热诚温暖的款待。

客人们交换着最新的消息，既不落下卧室，也不放过议会。他们猜测即将尘埃落定的委任，猜测中国发生的事件；男爵同没有公文包的部长谈论一个失去部长的公文包，同时，那位女灵媒讲述她的亲身经历：“昨天，在派奇利家里，我们召唤了李鸿章的灵：‘灵啊，如果你在这里，就敲一下；如果不在，就敲两下。’想象一下吧，李鸿章敲了两下。”

---

① 此处暗指拉姆齐·麦克唐纳（Ramsay MacDonald，1866—1937）：英国政治家，英国历史上第一位工党首相。他是一个苏格兰女仆的私生子，蓄着一副蓬松、浓密又弯曲的胡子。

就在这时，楼下的门环响了两下。

“那会是李鸿章吗？”男爵跃起，准备去迎接鬼魂。

然而站在门口的是他的男仆。

“诺森伯兰郡主教大人。”

一分钟后，一只戴戒指的手祝福在场的所有人。

谈话重新开始。男仆传递面包和黄油、瓷杯里的茶水、小玻璃杯里的甜酒。人们互相交谈了一会儿，然后主教把茶杯推到一边，请男爵讲个故事。征得那位女士的许可后，男爵点燃烟斗，借着烟斗钵的呼哧声讲起了他的一次冒险。他的听众们洗耳恭听，他立刻让他们的耳朵弯曲：先是外耳廓，接着是耳软骨，往里，再往里，直到它们如秋叶般蜷曲起来，一只耳朵贴着另一只，轻柔而无声地飘落到地板上。这时，训练有素的男仆就会带着簸箕和刷子出现在宾客们身后，安静地扫起那些耳朵，带出去。

“这事发生在我上一次逗留罗马期间，”男爵的嗓音送来烟雾旋涡，“在一个清爽的秋日上午，我从圣彼得大教堂的台阶走下，穿过被贝尔尼尼式廊柱环绕的广场，向左拐下狭窄的圣安杰洛堡。你们如果去过那儿，肯定会记得那些堆满古玩的窗户，上面布满灰尘，还有那些脏兮兮的祈福店铺，店老板们在收到你拿来的东西和几枚银币时会许诺下周归还物品，但不包括银币，另外你还会得到教皇的祝福。因为祝福在那物品中是看不见的，所以这些交易都很顺利，总能按时完成。在这儿，花一点儿钱，你就能得到一个护身符、一颗能退热的蛇牙、一块祛除邪眼诅咒的珊瑚，以及各种圣灰——从圣方济各到圣雅纳略，应有尽有，全都整整齐齐地倒进小纸包中。我走进其中一个店铺，想要购买圣无人（Der heiliger Niemand）[①]的骨灰。店老板的手指掠过很多纸袋：‘或许先生是想买圣厄休拉的？’我摇摇头。‘我能给先生提供圣帕切科的——实在是罕见的骨灰。’我重复自己的需求：‘圣无人。’店主显然是一位诚实的人，他举起双手悲哀地坦白他没有那种骨灰。在我快走到门口时，无意间看到角落的架子上有一样东西：一个黑色的微型盒子，半开的盖子下面露出一缕缕纠结的黄色亚麻。‘那是什么？’我转向柜台问道。那个除灰工殷勤的手指立刻取出了货品，原来是庇护十世（Pius X）加冕[②]时烧过的一块亚麻。正如我们都知道的，在新教皇的授职仪式上，会在他的削发上方点燃一块亚麻，念诵圣典拉丁祷辞：‘世上的荣耀就这样逝去。’我没有理由不相信那位店主，他向我发誓，在那场典礼中，正当人们对

① 圣无人：或称圣尼莫（St. Nemo），是一个不存在的圣人，显然是十一世纪本笃会编联作者、法国修士杜尔弗斯·葛雷伯虚构的。他笔下的圣尼莫是个超人，能看见和做到别人不能做的事情。

② 庇护十世于一九〇三年八月加冕。

着庇护十世念叨圣辞时，突然一阵风吹走了这片亚麻，而后就被他——一个珍稀文物收藏家设法花钱弄来。‘您自己看看吧，先生，’他打开小盒子，‘亚麻已经烧焦了，还有股煳味。’确实有。我问价钱。他说出一个整数。我说半价。他降一点儿，我升一点儿，装有教皇亚麻的小盒子便落入我的口袋。

“两小时后，我坐上去热那亚的火车。你们知道，我不想错过将在那个城市的罗索宫举行的新一届基督教社会主义[①]者大会。对于不切实际事务的热爱者们来说——我也算一位——参加这种集会颇有启发。我那节车厢的窗子敞向潮湿的大海；快到热那亚时，火车穿过一连串隧道，海风缓解了闷热，我却感冒了。基督教社会主义者大会刚召开，我就病倒了。于是赶紧治疗。我的手正好伸进口袋，摸到那个小盒子，让我想起往耳朵里塞棉花的方法，如果你没有的话，塞入亚麻也是一种治疗感冒的偏方。我打开黑盖子，往两边耳朵里塞了一些教皇亚麻。随后立刻……噢，你们若是知道发生了什么就好了！发言人仍继续讲话，就像我塞亚麻之前，他们的嘴唇翕动，吐出短语，却没有一丁点儿声音，只有我手表的滴答声进入耳朵。我不明白：如果我听不见词

① 也称“僧侣社会主义”，是十九世纪中叶欧美教会人士把基督教的教义原则运用到社会生活的复辟宗教统治地位的思潮或运动。

语，那么为什么还能听到钟表的滴答声呢？如果我耳中的亚麻能蒙住声音、削弱听力，为什么响亮的讲话声比几乎听不见的手表机械声更轻柔？我心神不宁地走出大厅，经过那些正无声发言的嘴巴，刚走下宫殿台阶时，我感到欣喜，因为我突然透过亚麻听到'行行好吧'，这句话来自一个裹着破布的老女人。那块亚麻的抑制作用显然已停止。她伸出一只肮脏的手，但是我急于验证我的推论，又冲回会议大厅。我虽跑得快，但我的结论更快：我再次看到翕动的嘴唇，有力地表达着无声。见鬼了(请原谅，教皇大人，我收回那只鬼)!这意味着什么？我构想出一个又一个假设，然后突然想起，我耳朵里的亚麻是一块抵御烟雾与一切尘世荣耀的特殊圣礼亚麻。任何短暂之物与世上荣耀都不能穿过它。毫无疑问，就是那样。我可没多付钱给那个圣安杰洛堡的除灰人。然而，为什么那些基督教社会主义者熟练的演说陷在亚麻里，无法穿透我的听觉？

"陷入费力的思考中，我回到旅馆房间。关于下一场会议，我决定精细化这个过滤器，把基督教徒和伪基督教徒区分开来，滤掉一切世俗的虚荣。我的推理如下：如果任何一个有罪的词语均无法渗透这块神圣亚麻，如果这类词语总卡在结实的纤维里，那么当这些干硬的纤维变**光滑**了会怎样？自然会这样：考虑到那些词语的愚钝与粗糙（毕竟它们由空气构成），它们还是会陷在光滑的亚麻里，然而它们承载的思想，因为微妙而空灵，很可能从光滑的线缕中滑落，跳入我的听觉。我将那几片亚麻取出耳朵检查：两撮都有一层相当脏的残留物。左边，毫无疑问，是靠近演讲者的一侧。我一字不落地清理那些报告渣，在将这亚麻重新放入耳朵前，把它们浸在一勺油里，就是那种在烛火上融化的普通鹅油。我的手表提醒我，大会即将重新开始。经过休息室时，我听到大厅里传出一些微弱的声音，会议已开始。我半推开门，竖起被亚麻封住的耳朵。一个相貌不错的男人站在讲台上，他穿了件得体的礼服，纽扣一直扣到下巴。他一边忸怩地笑着，一边放肆地咒骂。我极为困惑，观察他的辱骂对象：听众正乖乖地听讲，几百个脑袋对雨点般落到他们头上的辱骂适时地点头赞许。演讲者不时地被掌声和'傻瓜''伪君子''恶棍'的喊声打断。作为回应，他双手握于胸前，深鞠一躬。我再也不能忍受这些，不去听了。不如说，我拔去阻塞。那演讲者正讨论代表大会为反对阶级斗争所做的贡献。到处都是'太棒了！''那不就是事实吗'，以及'您多么正确啊'的呼叫。现在我明白了，挤在我的小盒子里的那几克亚麻堪称一种很好的哲学方法。我决定用这祛除崇拜的亚麻过滤整个世界。我草拟了一份时间表并在当晚离开，乘特快列车前往……"

故事继续，布谷鸟报时夜晚十一点、十二点。午夜之后很久，男爵才敲出烟斗里的灰，而他的故事也讲完了。他送客人们走到前厅，他的工作日结束了。更多的绿色螺旋在疯豆小楼上编织，每个夜晚它们都在加宽纺线：它们的卷须已经绕过英伦海峡，以便更好地抵达地球上最远的子午线。男爵知道，他的格言放在了英国议会两院的讲台上，就在议事日程和全文报告的旁边。故事和奇闻与他烟斗里缓慢升起的浓烟一起启程，如雨雾般环绕疯豆小楼，爬上所有的天花板，从一张嘴爬入另一张，爬入并没有在听的耳朵。男爵在楼上拍打拖鞋走向他温暖的床，心不在焉地微笑，喃喃自语："慕肖森睡了，但他的事业还没睡。"①

① 苏维埃口号"列宁死了，但他的事业还活着"的改写。

康德的同代人①

尽管慕肖森男爵更喜欢软拖而非靴子，更喜欢闲暇而非工作，但很快他就不得不放弃餐后小睡和居家生活了。他的手掌轻轻一挥，从他那杆老烟斗里冒出的烟就散了，但是那烟“制造”出的咆哮却像海洋的碎浪般涌动。曾安静地挂在男爵书房金属架上的电话听筒，如今在架子上躁动不安。橡木门上的扣环响个不停，电报和信件从四面八方涌入，它们圆圆的邮戳盯着慕肖森。男爵心不在焉地扫一眼这些邮件，偶然看到有一张优雅的请柬，上面印着旧式字体，内容为一群仰慕者邀请希罗尼穆斯·冯·慕肖森男爵出席庆祝这位受人尊崇的男爵职业生涯两百周年的宴会。周年纪念日委员会。斯普兰迪德大酒店。日期和时辰。

斯普兰迪德大酒店精心布置的房间里，无数电灯辉映。入口处的玻璃门无声地旋转，接纳着越来越多的客人。中央的圆厅已经挂上了慕肖森的盾徽：五只鸭子沿着盾的纹章弯曲处飞翔——喙、尾、喙、尾、喙——被一条线贯穿。在最

① 真实的慕肖森男爵与康德（Immanuel Kant，1724—1804）同时代。

后一条鸭尾下面，是用字母拼写的一句格言：“真理在谎言中（MENDACE VERITAS）。”

坐在摆成古斯拉夫字母 M 的长桌旁的，是穿着低胸裙装的女士与盛装的男士——外交使团的成员、著名专栏作家、慈善家和金融家们。香槟酒杯已经碰了多次，当男爵起身回应时，兴高采烈的欢呼声随着香槟瓶塞冲向天花板。

“女士们、先生们，”他开始致辞，扫视着此时安静下来的桌子，“《福音》上说：‘太初有词。’那就是说，任何行动都必须以词语开始。我在上一次国际和平会议上就这么讲，现在我冒昧地再讲一遍。我们慕肖森家族一直以来都忠实地为虚构服务：我的祖先海诺（Heino）跟随腓特烈二世参加十字军东征[①]，我的一个后裔加入了自由党。谁能有异议呢？此外，历史将我们——我和康德——在同一时期带入这个世界。在场诸位毫无疑问地知道，康德几乎与我同岁，在纪念我的庆典上不提他的名字恐怕不妥。当然，我与《纯粹理性批判》的作者确有许多不同。康德曾说：‘我只能理解被引入我的经验的事物。’而我慕肖森则说：‘我只管引入，让别人去试图理解我所引入的，如果他们有足够的经验去这样做的话。’但总体来说，我们的思想经常是一致的。因此，当我

① 作为历史悠久的慕肖森人的祖先，海诺确实在一二二八年随神圣罗马帝国的皇帝到过巴勒斯坦。

看到一排凡尔赛卫兵举起步枪，对准手无寸铁的巴黎公社社员（这发生在拉雪兹神父公墓的围墙旁）[①]，我就不禁想起这位哥尼斯堡老人说的一句格言：‘人是人的终极目的，除了终极目的，没有别的。’[②] 在一出萧伯纳的诙谐剧中——”男爵转向花体 M 的尾端说，“他认为我们无法长生不老，只是因为我们不懂得如何祈盼永生。但是我（萧伯纳先生会原谅我的），我已接近永生的秘密。我不需要期盼无限地延长寿命，别人期盼我慕肖森长生不老就足够了。千真万确，这归功于你们的期盼，”男爵的声音微颤，“我已踏上这条玛士撒拉[③]之路。不错，女士们、先生们，此刻你们应该不会反对。你们手中拿着的不仅是一杯香槟，你们已经给我开了一个**存在**的储蓄账户。今天，我从这个账户里取出两百。从此以后，如你们所愿：保留或撤销这个账户。从本质上说，你们只需将我抖出瞳孔，我便荡然无存。”

然而，最后的词语被一阵欢呼和鼓掌声冲走了，水晶杯磕碰水晶杯，几十只手掌寻找主宾。他勉力地回报所有的微

① 指的是一八七一年五月二十八日的处决，标志着巴黎公社的结束。列宁认为巴黎公社是无产阶级专政的开创性尝试。

② 在《判断力批判》中，康德写道：“人是地球上创造的最终目的，因为人是地球上唯一能形成目的概念的生物。”

③ 玛士撒拉（Methuselah）：《圣经》中活得最长的人，活了九百六十九年。

笑，一再鞠躬表达感谢。随后桌子被推到墙边，小提琴和响板奏响狐步舞曲，男爵陪着几个银白色的脑袋经过一对对舞伴，来到吸烟室。他们拉过椅子围成一个舒适的圈，一个外交官靠向男爵的耳朵，向他发出一个秘密邀请。正如我们将看到的，这是一个充满预兆的时刻。作为对该邀请的回应，慕肖森扬起眉毛，戴月光石的食指半挠耳朵，仿佛在抚触查验那些话语。外交官又凑近了一些，说出了一个数字。慕肖森犹豫着。外交官为那数字加了个零。慕肖森仍在犹豫。最后，他终于走出两难境地，斜看光泽微弱的椭圆月光石说："大约一百五十年前，我在那些纬度地带逗留过，我真的不知道……您轻推了钟摆，它正在答应与拒绝之间摆荡。当然，我不是那种可以被吓到或是摔下马鞍的人。先生，我在您刚才所言的那个国家第一次旅行的经历，为评价他们和我这两者提供了充足的材料。附带一提，除了几份没太大名声的出版物，这些资料还从未公开过。我与俄国的结缘发生在我已故的朋友叶卡捷琳娜女皇在位期间。然而，我似乎离题了。"

那位外交官看准时机，对其他人做了个手势，他们脸上闪耀着欣喜若狂的光芒。

"没离题，没有！"

"听上去蛮有意思。"

“洗耳恭听。”

“我们听着呢。”

一个下属的燕尾服飞奔到门口向跳舞的人示意，于是狐步舞去了一个更远的大厅里跳。男爵接着说：

“当我们勤勉地接近那个令人惊讶的国家的边境时，风景突然变了。边境岗哨的这一边树木茂盛，而另一边视线所及的地方都被绵延的白雪覆盖。在更换马匹的同时，我们卖了轻便的骑马斗篷，买了皮毛大衣。然后路障升起……但我不该告诉你们被冻结在我们的马车夫号角里的曲调，或是我的马悬挂在了教堂塔尖上，或是其他许多的冒险。任何有教养的人都熟悉这些故事，就像熟悉他的钱包或者他的祈祷。相反，在那个国度的北部首都圣彼得堡的门前，我们应该停下勤勉的车轮。

“我想告诉你们，之前更早的一次勤勉已为圣彼得堡带去一位在那个时代并非籍籍无名的哲学家——狄德罗。在我看来，他是一位令人难以忍受的哲学主题的涂鸦者，一个小资产阶级新贵，带着彻头彻尾的唯物主义倾向。你们知道，我从来没有容忍过，也不可能容忍唯物主义者。他们喜欢提醒别人，无论时机对不对：好闻的龙涎香实际上是一头抹香鲸的排泄物，可爱女孩将脸藏入其中的刚采摘的鲜花实际上是一束盛开的生殖器。谁需要那个愚蠢的**实际上**？我猜不到。话说回来。狄德罗和我都受到了宫廷的款待。我得承认，一开始，女皇似乎更喜欢——如果你们能想象的话——那个举止粗鲁的新贵。他不断地违背礼仪，在她鼻子前趾高气扬地走来走去，打断她，甚至在争论激烈时拍她的膝盖[①]。叶卡捷琳娜优雅地微笑着，听取他所有荒谬的计划[②]：根除俄国的酗酒现象，打击贿赂，改革制造业和贸易，使白海的渔业合理化。我暗中等待着我的时机。没多久，当那位穿着溅满墨汁的衣服、满嘴胡话的人开始着手扩大渔场，我也开始由谋划转为行动。我从本地猎人那里弄了几只用陷阱捕获的狐狸，并在我当时居住的乡间别墅的后院里开始着手自己的实验：用暴力把狐狸赶出它们的皮肤[③]。如果你们记得的话，这些事在我的回忆录里提过。一切进展顺利，没有谁知道。狄德罗正忙于从冻海里捞鱼时，我觐见了女皇，她这会儿对自己的最爱多少不那么迷恋了，我邀请她赏光出席一场可能

① 他们在冬宫的长时间的交谈中，叶卡捷琳娜为这个“非同寻常的男人”的才华和激情而愉悦，尽管他对她举止粗鲁。“我的大腿瘀青，都乌紫了。”她写信给巴黎的玛丽·乔芙兰（Marie Geoffrin）说，“我不得不在他和我之间放一张桌子，以保护我自己和我的四肢不受他手势的伤害。”

② 狄德罗曾对俄国进行仔细的研究，并制订了改革计划。但是在他抵达圣彼得堡时，距离第一次被问及这个问题已是十年后。对叶卡捷琳娜统治的各种挑战，包括当时的普加乔夫叛乱，冷却了女皇的改革热情。

③ 虚构小说中的慕肖森曾在俄国的森林里鞭打一只漂亮的黑狐狸，把它“从漂亮的皮毛里”抽出来了。

会给毛皮贸易带来革命的示范活动。到了指定日子与时辰，女皇和她的大臣们来到我的后院。四个身强力壮、手持鞭子的仆人，以及一只尾巴被绑在柱子上的狐狸，一切待命。我一声令下，鞭子开始抽打，直到那只狐狸左摇右晃，蹿出它的毛皮——径直跳到等着它的第五个仆人怀里。先生们，读过达尔文的人都知道，动物对于周围环境具有非凡的适应能力。跳进严寒之后，那只光秃的狐狸立刻长出新的外皮，尽管一开始还比较薄，但眼瞧着慢慢地变厚，成为上等狐皮。那可怜的家伙不再打颤，却发现自己，唉，又被绑上柱子再来一顿鞭打。于是就这样继续——想象一下吧——直到获得七张毛皮，那狐狸终于跳起，这么说吧，跳出了它的生命。我叫人把腐肉拿走，然后把七张毛皮放在雪地上，鞠躬行礼，说：‘百分之七百的纯利润！’女皇觉得这件事十分有趣，准许我亲吻她的手，要求我写一份关于毛皮贸易的方法和前景的书面报告。我当场就写了，女皇陛下在我的报告上批示‘非常好’，然后亲手删去文中各处的‘狐狸’与‘狐狸们’，分别代之以‘个人’与‘人民’。在底部她加上：‘按修订稿处理。叶卡捷琳娜。’多么具有原创性的头脑，你们不觉得吗？”

男爵环视周围一圈的笑脸，继续说。

“那之后，狄德罗先生的鼻子明显脱臼了，仿佛在吸到香气前被他的鼻烟盒子夹住。这位来自巴黎的智者习惯了从真理和女皇那里伸出的问候之手，如今只剩下真理了。这种新贵很配这样的社交圈，哈哈！这可怜的家伙没钱回家，只好为了区区几百里弗[①]就卖掉他的藏书，结果女皇获得了那些书[②]。她在第二天就接见了我，我为女皇陛下带去了一本写满了我的旅行和历险经历的小册子作为礼物。她在阅读时惊呼：'这本书顶得上整座图书馆了！'我被赏赐了一座庄园、十万农奴。我希望避开宫廷的阿谀奉承和某些更微妙的情形，对此我不便描述，我只想指出：我不是特别喜欢肥胖的女人[③]，于是便出发去视察我的新领地。

"我必须说，俄国的风景非常奇异：在田野的中央会出现一堆茅屋，仿佛一堆顶着帽子的蘑菇，屋顶歪斜，炉子都没带烟囱。农民们和烟雾一起从烟道进出这些小屋；虽然他们的水井通常都远离道路，但水井上高耸着长长的栅栏，谁知道为什么；至于他们的浴室，与他们居住的茅屋不同，是有七层楼，或者说七层架子那么高的大家伙。但是我跑题了。

① 法国旧时的货币，1里弗相当于1法郎。

② 狄德罗曾卖掉藏书为他的女儿凑嫁妆，叶卡捷琳娜购买了他的藏书，但允许狄德罗随时再使用。

③ 传说叶卡捷琳娜很放荡。

“在异国漫游，我常想起我的故乡博登韦德：尖瓦屋顶像抑扬符，而那些刻在白墙上的古老格言已被抹去了一半。思乡病迫使我肩扛步枪，在多凸起的沼泽和芦苇丛生的灌木丛中无休止地游荡，哪怕只为消磨时间。不管怎么说，我的狩猎袋从不会空着，很快我就成了出名的猎手——我的回忆录里提到过，但是为什么要重提小学生都知道的事情呢——从白海到黑海都传遍了。很快，我就发现自己开始狩猎土耳其人，而不是鹬和松鸡了。瞧，俄国已经对土耳其宣战，此时我收起猎枪，打个比方说吧，我不得不用这双手接过二十万杆枪，还不算陆军元帅的司令棒，鉴于我和女皇的老关系，我感觉自己很难拒绝这根指挥棒。只交战了一次，我们就只能看到敌人的后背了。在多瑙河之战中我缴获了一千，不，两千门大炮，多得我们都不知道拿它们做什么——为了消磨田野里的闲暇时光，我们就肆意炮轰飞过的麻雀。在一次战斗间歇期，我从司令部被召回首都，被授予了圣巴兹尔勋章，得到十四个镶有钻石的黄金十字架。里程路标比我的两轮轻便马车更快地从我眼前闪过；时不时地，我探身出去查看那些轮辐。坐着冒烟的车轴飞驰到首都，我让车夫勒慢马儿的步伐，这样我就可以在去往皇宫的路上轻触三角帽向欢迎我的人群致意。当我向左右两边鞠躬时，我注意到，那些俄国人没有一个戴帽子的。起初，我惊诧地认为这是他们情感的自然表达，即为了庆贺我的胜利。但在官方仪式结束后，他们仍在那儿立着，光着头，不顾来自大海的寒风。这就多少有点儿不可思议了，但我没有时间询问。俄里路标再次闪过，很快，我就看到我的军队排成整齐的双列向他们的首领致敬。等走近些，我看到他们也没戴帽子。‘护住你们的脑袋!’我命令道，‘这是怎么回事?’我愤怒地转向我的副官。‘这是因为，’他说，用颤抖的手指摸了摸自己无遮护的头，‘元帅大人，我们打败敌人靠的是扔帽子，扔出我们所有的帽子——’

“那天深夜，在军团元帅的帐篷里，一个突如其来的念头唤醒了我。我起身穿衣，没有唤醒随从，悄悄地潜到前线哨所，借助两个简短的词语——口令和口号——就打通了去往土耳其军营的道路。土耳其人仍忙着从齐腰深的帽子堆里解救自己，于是我大摇大摆地来到君士坦丁堡，但那里也是一样，一切都被埋在帽子里或被帽子覆盖，一直盖到屋顶上！我来到苏丹的宫殿，通报了姓名，立即得到接见。我的计划极为简单：买回所有折磨着士兵、居民和大街小巷的帽子。苏丹穆罕默德正不知该拿这些令人窘迫的帽子怎么办，我只需以极其低廉的价格购回。这时已是秋转冬的季节，仍没有帽子的俄国百姓正挨冻受惊，他们大多得了感冒，怨声载道，威胁着要造反，制造一个新的大动乱年代[①]。政府甚至都不能依赖大人物，参议员们的秃脑袋是最先被冻僵的，他们对皇权的激情一天天冷却。于是我将帽子装满轮船和商队的行囊，通过中立国把它们运往人头众多的俄罗斯。贸易极为顺利：温度计里的水银柱降得越低，帽子的价格就升得越高。

“很快，几百万只帽子回到它们合法的脑壳上，在饱受战争与赔偿之蹂躏的土耳其，我成了最富有的人。如今，我与苏丹结成莫逆之交，我决定用赚来的钱给他投资重建国家。然而，宫廷阴谋迫使苏丹和他的后宫以及我迁居他处；我们迁到巴格达，这座城市哪怕没有真金白银，也有取之不尽的神话传说。我再次开始思念遥远的博登韦德，那里虽然很糟糕，但让我感觉亲切。当我请求我那位戴王冠的朋友允许我返乡时，他的泪水都流入胡子里了，他说这场离别会让他活不下去。那好吧，我希望尽可能地缩短那些不可避免的分离，因为我如不能偶尔去拜谒一下我祖先的坟墓，我也活不下去，所以我决定用两条平行铁轨来连接博登韦德和巴格达。于是我就有了一个项目，哎，直到很久以后才实施——巴格达铁路项目。我们刚要开工就——”

① 大动乱年代指的是一五八九至一六一三年间，俄国因缺乏合法的沙皇继承人而产生的政治危机。

男爵突然中断了故事，陷入沉默，眼睛盯着右手食指上闪着微光的月光石。

“您为什么中途停止了?”有人忍不住开口。

“因为,”男爵转向说话者，“在那个时候，你要知道，铁路还没有被发明出来。就那么简单。”

一阵窃笑在圈子里回荡，但男爵依然很严肃。他向那位外交官俯身，推了一下那人的膝盖，说:“我被自己的记忆淹没了。好吧，我会去的。正如他们在莫斯科讲的:‘当一个俄国人奄奄一息时，一个德国人会感觉自己身强力壮。’哈哈!”

男爵有意提高嗓门，以便让各个方向伸来的耳朵都能听到，他接着补充道:“是的，我们纹章上的鸭子从来没有合拢过它们的翅膀。”

随后是一阵握手和脚步的踢踏声。一分钟后，在斯普兰迪德大酒店入口处的旋转玻璃门前，门房高声通报:“慕肖森男爵的汽车!”

车门咔嗒一声关闭了，警笛撕裂夜空，皮革靠垫轻轻地摇晃着驶入星光与街灯交相辉映的璀璨夜晚。

在不信者的国度

邀约与接受已正式完成。男爵作为两三家最有影响力的报纸的通讯记者前往苏维埃；他们以数百万份的数量，向大英帝国最外层的脉络传递政治信念。慕肖森必须尽可能地匿名行事，因此，他的私人车厢窗下的黑色礼帽数量非常有限，至于柯达胶卷和访谈一概被免了。在出发笛声鸣响的前一刻，男爵出现在车厢空荡的站台上，戴一顶灰色旧帽子，宽摆式轻便大衣里面是一件亮闪闪的皮夹克，脚上穿的是带有手风琴褶样式的靴子。这套打扮赢得了“大礼帽”们的一致赞许，只有诺森伯兰郡主教抓住这或许是最后一次与男爵见面的机会，叹息道：“去往不信者的国度，愿上帝与你同在（In partes infidelium，cum Deo），阿门。”

一位外交官走上站台向男爵示意，男爵弯下腰。

“亲爱的男爵，不要和拆开信件检查的人开玩笑，写信时要签假名，就像——”

男爵点了点头：“我知道，用‘季诺维也夫’[①]或是——”

① 季诺维也夫（Zinoviev）：布尔什维克革命家、政治家拉多米斯基（G. E. Radomyslsky，1883—1936）的假名，时任共产国际主席。

缓冲器叮当碰撞，火车向前一跃。那位官员推肘跳开，高礼帽们致意。远行窗口上的帘子被拉上，未说完的句子与未说完话的人一起出发了。

多佛。英伦海峡。拉着帘子的窗口再次滑过嗡嗡作响的火车站站台，公里数继续减缩。

整个大陆只有一个人知道慕肖森经过柏林的日期和时间，那就是恩斯特·翁町。但从伦敦寄给这位诗人的信并没有立即抵达他。那时，他正在创作的一组十四行诗成了笼罩他脑子的荆冠。它带来的不是芬尼，而是一个个失眠之夜。在与饥饿做过几番徒劳的搏斗之后，翁町不得不接受一家“真美”牌化妆品公司的提议，作为他们的代理人，穿梭于德国各城市和乡镇。伦敦来的信连续多日都在追赶它们的收件人，积攒了很多邮戳，最后在距离边境线大约三十千米的哥尼斯堡－埃德库伦（Königsberg–Eydtkuhnen）沿线的因斯特堡追上了他。信到得正是时候。翁町核对了旅行指南上的数字和信件里的信息，很容易就推算出那列载着慕肖森从柏林开来的火车将在当晚九点半经过因斯特堡。他的怀表显示的时间是晚上八点五十分。翁町担心会迟到，于是就穿衣动身去火车站。到了时间，柏林来的火车隆隆作响地驶向站台。翁町迅速搜遍整列火车，从火车头到最后一节守车，又返回，从每一扇窗口看进去，没有慕肖森。一分钟后，火车底下的轨道裸露。翁町困惑不已，离开站台去询问："是这趟列车吗？下一趟车几时抵达？"回复说："是这趟，下一趟去边境的列车两小时零几分后才会来。"翁町犹豫了，工作要求他赶上晚上十点去往哥尼斯堡的火车，他已经买了车票。他摆弄了一下那张长方形纸条，把它递进窗口。他坐在车站内的长椅上，眼睛开始追随墙上的时针。他清晰地想象着即将到来的重逢。某个车厢的一扇窗会落下，伸出慕肖森的一只手——长长的骨感的手指，食指上的月光石闪烁；他们的手掌会相遇，而他，翁町，则会说："哪怕这世上除了这次握手再没有别的现实，我也会……"他听到墙外传来隆隆声，是那列火车。翁町抛开思绪，冲到站台上。火车灯光前行，伴随着嘶嘶作响的刹车声。他再一次走遍整列火车，从车前灯到车尾的红宝石灯，没有一扇窗落下来，没有一个人发出召唤，没有一个人伸出手来握他的手。铜杠砰砰地碰撞，铁轨又空了。诗人翁町久久地伫立于夜间站台，思考着这一情境。事情很清楚：慕肖森取道别处了。

第二天早晨，坐在哥尼斯堡一间便宜旅馆的房间里，翁町草草写下一些关于火车的诗行，有四五十节车厢那么长，满载着岁月和生命；岁月彼此撞击，飞快地爬上陡峭的山坡，绕过急转弯；无精打采的信号灯把岁月列车从一个轨道切换到另一个；占星术中的血星和翡翠星预示着死亡和繁盛，直到一些毫无意义的灾难击碎所有岁月之间的联结，将它们仓皇混乱地抛下路堤。

那之后，以翁町的意象来看，一整年的日子就这样带着减震器晃当过去了。此时，顶上涂写着“1923”、车门关闭的那一趟列车正驶来，而已从这世界的新闻界消失的慕肖森这个名字，又突然出现在英美报纸的头版。结果是，它们庞大的发行量变得更加庞大。不仅是发行量，那些抢购慕肖森男爵报道的人的眼睛也不约而同地扩大，仿佛男爵传达的信息里含有阿托品[①]。只有一双长着尖睫毛、红眼眶的眼睛在看到慕肖森的署名时缩起了瞳孔，并扬起一道眉毛。这一双多疑的眼睛属于谁，不言而喻。

① 主要用于治疗脏器痉挛的药物。

敞篷四轮马车里的魔鬼

与此同时，不断增加的慕肖森追随者的队列，继续在根根蜡烛间抛送他那再度闪耀的名字，如硝石的线头甩动火焰，很快全世界的新闻媒体都纠缠在金属箔和电话线的闪光中了，像一株株缀满黄色小舌头的圣诞树。一个星期过去，又过去一个星期、一个月，男爵的名字在报纸专栏里开始感觉狭窄，它从报纸新闻中跳出来，蜿蜒滑上戏单海报，流连于霓虹灯广告——越过沥青路面、砖块和平坦的云层底部。海报宣告：刚从苏维埃返回的慕肖森男爵将在伦敦皇家学会大厅讲述他的旅行。售票处挤满了人，但只有被选中的才能进入这座位于皮卡迪利大街的老建筑。

到了海报预告的时间，慕肖森现身讲台：他的嘴唇依旧平静地抿着，但尖尖的喉结在他那副浆过的衣领的两翼间上下浮动，像个勉强抵挡香槟酒压力的软木塞。拥挤的大厅里响起雷鸣般的喝彩与掌声，男爵不得不低头等候。欢呼声终于平息，他环视四周：他的肘边有一个平底杯和一个喇叭口水瓶；他的左边是一幅幻灯银幕；斜倚银幕的是一根上过清漆的指示棒，像超长的警棍。成百上千只耳朵从左边、右边和前方探伸过来；就连牛顿和库克船长[①]的大理石像此时也斜倚出的壁龛，全神贯注地凝视着。希罗尼穆斯·冯·慕肖森男爵对着它们做了开场致辞。

1

如果库克船长曾经出发去寻找野人，结果却被他们吃掉，那么灌满我的帆的风明显更仁慈。正如你们所见，女士们、先生们，我还是活生生的（大厅里轻微骚动）。伟大的英国数学家（慕肖森指了指牛顿）观察到一个逃离了树枝的苹果的下坠，总结出我们称之为“地球”（一个逃离太阳的巨大苹果）的这个球体的运动。在莫斯科夜晚的街角，我总能听到人们唱革命歌曲，唱的都是《一个小苹果》[②]，我努力想弄清楚那个小苹果滚到哪里去了，或者说，它的结局如何。我们还是回到事实吧。因为我出发前往的那片土地，是从政委到厨师的所有人都参与管理的国家，我决定千方百计避开俄国海关的检查；我不只在脑袋里，也在夹克口袋里，随身

① 库克船长（Captain James Cook，1728—1779）：英国探险家、航海家和制图师。一七七六年当选为英国皇家学会会员。在夏威夷被太平洋岛民刺死。

② 一首俄国民歌，一九一七年俄国十月革命后被填了新词，最有名的是这一句：“嘿，小苹果，/你往哪里滚？/你是我的。/所以停下来吧，不要滚了。”

携带了一些不适合被检查的文字。在抵达埃德库伦之前，我没有采取行动。但是一旦我的列车经过一个小小的缓冲国[①]，缓冲器接近俄罗斯苏维埃联邦社会主义共和国（RSFSR）的边界时，我决定变道：从铁轨转至空中。女士们、先生们，你们无疑知道，在我年轻时，我不但能驯服野马，还能驾驭疾飞的炮弹[②]。不算口袋里的东西的话，我没有什么行李，所以很快就抵达一个炮口对准苏维埃社会主义共和国联盟的哨塔。在查看我的证件并得知我是谁之后，那位友善的军官——他名字的开头是 Pshtsh——批准我全权使用一个十八英寸的钢铁旅行箱。我们走到一个混凝土平台上，上面耸立着一个钢灰色的庞然大物，它笔直的长长的躯干指向天空。长官发出命令，炮手开始准备送我上路。炮栓打开，一辆马车运来我的圆锥形旅行箱，钢铁擦碰，指挥官行了个礼：“行李已备好，请旅客就位。”这时，那架巨型大炮放低它的“长鼻子”，仿佛一头去捡被小孩塞入栅栏的花生米的大象。我跳上炮沿，向炮口内窥视：机不可失啊。接着，金属

① 这里指立陶宛。

② 传说中的男爵在立陶宛和乡村贵族别墅里的女士们一起喝茶时，他听到院子里传来呼救声，一匹马从种马场跑过来。“它太任性了，没有人敢接近或骑上它。”男爵冲下楼，飞身跨上那匹马的脊背，还迫使它从茶室一扇开着的窗户跳进去供女士们欣赏。后来，在和土耳其人战斗时，他跨骑在一颗即将发射的炮弹上，以潜入敌人坚固的堡垒。

镀金的炮膛攀回半空，Pshtsh 发出命令：“预备导火线零——零——零，将男爵先生瞄准苏维埃联邦社会主义共和国联盟。开炮！”我闭上眼睛起跳。我已经到了吗？但是当我睁开眼，我看到自己仍坐在钢铁“大象”底下，被好多个微笑着的 Pshtsh 环绕。是的，我不得不立刻承认，你无法超越科技。即使是幻影也无法超越它，现代导弹不像笨拙的老式铸铁炸弹那样容易跨骑。不过在两次失败的尝试后，我终于又设法跨坐到嗡嗡作响的钢铁上。大约十秒钟后，风在我耳边呼啸，试图将我掀下导弹。但我是一名出色的骑手，我的膝盖紧夹着弹体圆圆的、过热的两侧，直到与地面的猛烈一击终止了我的飞行。这次撞击的力度如此巨大，我像一只皮球一样弹起，落下，又弹起，然后我发现自己坐在地上。环顾四周，我看到那颗作废了的导弹幸运地撞到泥塘里的一处干草堆上。千真万确，草堆已被压成小丘，像弹簧一样减缓撞击，它不仅救了我的命，而且让我连一点儿瘀伤也没有。

原来我已经越过了边界。我跳起来，环视地平线。一片平坦的未翻耕的原野。一块低沉的乌云天花板被远处十几根烟柱勉强支撑着。“一个村庄。”我猜，抬脚向炊烟走去。很快，房屋也从地面上戳起来。当我走到能听闻村子动静的地方时，看到有人影在房屋之间移动，但我没有和他们打招呼。太阳和我都已绕完轨道，准备躺下了。那个孤单的小村子里，灯盏闪烁活跃起来，烤肉的香气烧灼我的鼻孔，长长的黑影爬向我。我不自觉地放慢脚步，问自己："正餐这么快就开始了？"我的境况比较糟糕：没人可询问，也没人可请教。换个人的话，可能早就没主意了，但我不是来苏维埃讨教的。思索片刻，我知道该怎么做了。

碰巧的是，我的靴子是由一双旧狩猎靴改制成的，它有一些奇异之处。多年前，我失去了我最爱的猎犬[①]——它曾出现在我的回忆录中，我决定不再让新的依恋为心增添负担，因为丧失总会带来新的悲伤，我打猎都不带狗了。一条狗，你们知道，很容易被一双受过良好训练的靴子替代。我对那只已故猎犬的徒劳的记忆，再加上一种风湿性老毛病，使得我不能涉水穿过沼泽，于是我就以慕肖森家族特有的耐心和坚韧开始训练我的猎靴。最后，我的训练取得了极佳效果，当我肩扛猎枪独自漫步时，通常是这样的：到达满是猎鸟的湿地时，我会脱下靴子，让靴尖对准正确的方向，说："去找！去找！"我的靴子会从一个小丘走到另一个小丘，皮革在芦苇丛中发出窸窣的响声，惊起猎物。我只需坐在干燥的地方扣动扳机。鸟儿会直接掉入我的靴子。接着是一声短促的"取来"，我那双受过训练的靴子就会慢

① 这只猎犬是男爵养的一条灰狗，它常年跟随男爵，能持续飞奔，以至于把它的腿都跑掉了。

跑回来，温顺地接纳主人的脚。

这次也是如此：我脱下靴子，靴尖对准村子立好，然后——“去找!”靴子们被关在火车里好几天，早已焦躁不安，此刻迅速地向灯火进发。它们前进的时候靴套竖起，一会儿前倾，一会儿蹲伏在鞋褶上，一副小心谨慎、经验丰富的侦察兵模样。我一直目送它们进村。出乎意料的是，一群人注意到走向他们的靴子，开始惊恐地尖叫着四处逃散。我这时方才意识到，我来到一个迷信而愚昧的地方。如果一双靴子就能吓坏这个村庄的村民，那么也会惊吓下一个、又一个以及更远的村庄的人，我的靴子和我，将驱赶着一大群惊慌失措的无知农民，沿途的城镇都将被他们夷为平地，被古老的西米里[①]式恐怖感染的大众和人群，将一路毫无区别地劫掠农舍和皇宫，蜂拥过乌拉尔山脉。我最好还是扯着耳套穿上靴子，从克拉斯诺科谢斯克（Krasnokokshaisk）发一个无线电信号，说：“**我已赤足占领俄国。没必要增援。**”

为了扩大我的胜利，我站起身，准备把我的策略贯彻到底，即使以脚后跟长满老茧为代价。情形瞬间有变：从我靴子的逼近中撤退的那个村落，突然变成手持长矛和干草叉的

① 西米里（Cimmerian）：一个古老的游牧民族，被认为早在公元前一三〇〇年就居住在俄国南部，公元前八世纪末被西基泰人赶出俄国南部，越过高加索进入安纳托利亚。

野蛮部落，开始回头反击。我的靴子想掉头，但太迟了。咆哮部落的数百只手挥舞着几百个干草叉包围了靴子。然后喧闹平息。我看不到围成圈的人群里发生了什么。我尽可能地潜近我那双被抓获的靴子，听到几个声音在争吵，但很快一位老人缓慢的声音就压服了它们。听完他的话，大家都离开了，除了那位老人。他脱下自己的韧皮鞋，不慌不忙地穿上我的靴子。我躲在高高的草丛里，等他穿好。我先是轻吹一声口哨(听到我的声音，我的靴子调转方向)，然后我喊："取来！"老人本来想回家，但没那样好运了：我的靴子裹紧他朽弱的双腿，开始朝反方向走。老人乱抓灌木和蒿草，想停下双腿，但是我忠心耿耿的靴子坚持要回到它的主人那里。这个可怜的家伙看到自己根本敌不过如此强大的对手，便躺倒在地，然而靴子使他膝盖弯曲，继续在地上拖拽着他的躯体，直到将这被绑架者四肢瘫痪地拖到我面前。

女士们、先生们，我坚信：所有充公的东西都将物归原主，就好比我的靴子回归我。对那位躺倒的老人，我也如此相告。他被神圣的恐怖所攫取，生拉硬拽地脱下靴子，踩着裹脚布一路飞奔回村。不一会儿，所有的村民都来了，带着盐和面包，以宗教仪式迎接我，并伴随教堂的钟声半跪着祷告。我接受了这些好心的乡下人的邀请，在那里过了一夜。我虽然睡了，可有关我的传言却醒着，并在附近的村庄散播。到早上，一大群投诉者和请愿者聚集在我窗下。我听取每个恳求，没有拒绝任何人。举例来说吧，一个小村子里的村民请求我解决一个导致他们分裂为两个敌对阵营的长期争端。那村子里一半人是搬运工，另一半是农民。内战减少了马匹的数量。摩擦是这样产生的：如果将马匹套到马车上，农民就得自己拉犁耕地；如果让马拉犁，搬运工就得自己拉车。我的回忆录帮我解决了这桩棘手的案子[①]：我叫人拿来一把锯子，把马儿一匹匹锯成两半，这样它们的数目就增加了一倍。马儿的前腿被套上马车，后腿拉犁，情况立刻好转。我就是这样与“无马”做斗争的。如果苏维埃政府在这方面，以及国民经济的其他领域采纳我的建议，就可能避免长年的贫困与荒废。（大厅里传过一阵沙沙的掌声。）农民们对我感激不尽，送给我一匹两条腿的马。我给它套上马鞍，继续我的旅程，向最近的火车站出发。

2

农民们警告我，铁路附近很危险，天黑时很容易落入强盗手里。我若不是在无法通行的俄国道路上迷了路，早

① 传说当慕肖森冲入一个有围墙的土耳其小镇时，他的“英勇的立陶宛马”被一个掉落的吊闸劈成了两半。他发现它的后半部分在外面的野地里和一群母马嬉戏。

就在天黑前到火车站了。但复杂的车辙让我转来转去，直到夜幕降临。我那匹疲惫的半马正用两只蹄子小心翼翼地走着时，我听到许多马蹄的嘚嘚声迅速逼近。一大群！我踢动马刺，但你没法让两条腿的马疾驰过四条腿的。不久我就被包围了，我伸手拿剑时才想起自己把它落在柏林了，落在亚历山大广场上的壁橱里。强盗们收拢包围圈。此刻我伸手够自己的后脑勺，打算挽起辫子把自己从这伙不对口味的人群中“拔”出去（我曾有一次这样把自己拉出了沼泽[①]），但是——见鬼——我的手指仅摸到修剪过的后颈。哈，我只好放弃。我投降。但那些强盗一丁点儿也没有伤害我，反而热忱相待，几乎把我当成他们自己人。当天晚上，他们选举我当“首领”。这一切都是在漆黑里发生的，所以我也不知是什么支配着这些人，或许是本能。

我咬紧牙关，只得顺从。只要你不抵触他们，人们都很好相处。例如，女士们、先生们，我们之间的关系基于我并不抵触你们。你们说我存在，很好，我们相安无事，但如果你们说……不过，我们还是回到那些事件吧。我不是个野心勃勃的人，哥萨克首领的头衔说不上是种荣幸，几乎每一

① 传说有一次由于计算错了沼泽的宽度，慕肖森发现自己快要被淤泥活埋了，情急之下他用强壮的手臂抓住了自己的辫子并提起自己和他的马，他们得救了。

天，我都在建议手下人推翻我，转投共和政体，放逐我，至少放逐到莫斯科。最后，强盗们允许我离开，只要我付赎金：钞票或是好的建议，随我意。好吧，我想了一下，起草了一个合理化抢劫的方案。众所周知，在那个被毁坏的国家，勤劳的强盗的处境相当棘手，不值得羡慕。白天得藏在树林里，只有在无月之夜，才能从事转移贵重物品的工作。这么说吧，就像昆虫学家捕捉蝴蝶那样，他们把散落的硬币塞入口袋。出于同样的原因，所有的月夜也都无利可图。就在这样一个洒满银色月光的夜里，我带着我的强盗们来到森林边缘，让他们排成一行，三十张嘴都对着月亮，我命令他们吹那个天体。那些人拥有令人嫉妒的肺（俄国人民通过吹他们的俄式茶饮来提升肺活量），在这些气流的协同劲吹下，月亮忽闪一下，伸出它的绿色舌头，熄灭了。因为猝不及防地遇到月光的缺无，那些马车和旅人纷纷落入我们手中。

做了几次这样的练习后，我的强盗们就不需要教官了。这解释了近年来大量的月食和苍穹中其他的神秘事件：它们的原因就在——请允许我在这里讲出来——那座科学的圣殿里，即俄国边境的那片森林。我的朋友阿尔伯特·爱因斯坦关于这些天体异常现象的结论下得仓促了。我没有事先提醒他，是我的疏忽。但凡能用经济学来解释的（这一点上，马克思是对的），就不需要用天文学计算了。在寻找原因的时候，与其遍寻群星，倒不如看看这儿，脚底下，地球上。在未来的岁月里，如果有谁忽视我在这儿所说的，还想写关于“没被吹灭的月亮”[①]，请他当心不要遇见我——慕肖森，因为我会揭穿他是一个骗子。

演讲者此刻停顿了下来，把手边的透明水瓶向杯子倾斜；大厅里鸦雀无声，甚至最后几排的人都能听见瓶嘴里汩汩的水声。

3

我辞行时，三十杆枪向我致敬。把森林抛于身后，我向着火车汽笛进发，它不时地把我引向谜一样交错的乡间小路。最后我终于走到一个在平原上迷了路的小车站，开始等待去往莫斯科的火车。站台堆满了麻袋和包裹，人们在上面或坐或躺，等那趟火车，我也如此。等待漫长而乏味。我旁边是一个胡子刮得很干净的人——他的麻袋是空的（起初我这样认为），却打着三个结——当人们期待已久的袅袅烟雾出现在地平线上时，他都长出红胡子来了。火车以蚯蚓的速度缓慢驶

① 暗指俄国作家鲍里斯·皮利尼亚克（Boris Pilnyak，1894—1938）的《不灭的月亮的故事》（1926）。讲述了一名军官服从了一项由“坚定的人”下达的指令，进而进行残忍的医疗手术的故事。

来，我真担心它会像蚯蚓一样消失在地下，只余下一缕灰烟。

这座大厅里的很多人可能会觉得我的这个想法很奇怪，但在我这样一个乐观的人看来，一切缓慢、慎重、拖得太久的，似乎都是虚构的、不真实的，也许这就是为什么永远是慢动作的、以时针代替秒针的俄国给了我不少幽灵般的虚幻感。我坐在火车里等待发车的信号，发现旁边又是那个肩上背着空袋子的红胡子家伙。这空袋子撞到木头床铺，叮当作响。

“你拿的什么?”我忍不住问道。

“袋子里的一把锤子。”①

“你想卖掉它?”

“当然。莫斯科太需要这东西了。”

这令我兴奋。你们知道，我的货物大概是同一类的。火车随后出发了，令我的情绪更高涨，却没能持续太久。这条糊涂的“蚯蚓”在每根枕木上都停下来，仿佛每根枕木都是一个车站。我的旅伴们并没有惊讶，仿佛这很自然。近傍晚时，我们终于到了下一个小车站。我想伸一伸腿，就顺着车厢走到烟囱那边，它正向着漆黑的夜晚喷吐一把把红色的谷粒：在那光芒中，我看到塞满炉膛的既不是煤炭，也不是木头，而是成堆的书。我对这种奇怪的爱书方式感到吃惊，就

① 源于一句俄国谚语：真理，就像袋子里的锤子，总会出来。

等到火车开始震动颠醒我的邻居时，问了他更多的问题。别的旅客也加入我们的谈话，很快我就清楚了很多事情，包括我们从一根枕木磨蹭到另一根枕木的原因。

“你要知道，”他们七嘴八舌地解释，“我们的火车司机是个学问最大的教授，他拒绝把任何一本书扔进火炉，除非他从头至尾读过，所以我们只能一根圆木接一根圆木地前进，或者说一本书一本书地走，直到我们——”

“怎么能这样？”我气急败坏地说，“我们必须投诉！他们应该开除他，给我们换一位火车司机。”

“换一位？”担惊受怕的脖颈们从所有的铺位上伸出来，“但我们不知道会换成啥样的：另一条线的司机，什么书都随便扫两眼，除了《反杜林论》[1]。他把所有的书一堆一堆地扔进火炉，直到炉子烧得白热，火车全速推进。但如果他偶然看到《反杜林论》，上帝啊，他就对别的一切视而不见了……一场车祸在所难免。千万不要，我们不要另一位司机，这一位好歹知道‘欲速则不达’。我们可能走得慢点，但确实在前进。要是换一位，我们都会挂在一个路堤上，不是停在莫斯科站，而是天国站。”

我没有再去争论。相反，我又往藏在笔记本里的需留意

① 恩格斯一八七八年的一本书，试图总结和推广马克思主义。列宁赞《反杜林论》是“一本内容丰富而富有教育意义的书”。

的备注上加了一条：一到莫斯科，我必须弄清楚俄罗斯文学的供应还能维持多久。

4

我们快到莫斯科站了。一位扳道工展开一面苏维埃红旗时，我已抓紧车门把手：在他们的国家，红旗意味着**道路关闭**。不过莫斯科的全景尽收眼底，成千上万的钟楼高耸入云，我们等了足足一个小时，直到闸口允许我们接近站台。

我第一眼注意到的，是贴在车站墙上的一个告示：卫生委员谢马什科——出于某种原因——要求人们不要咬他[①]。我对此扬起了眉头，事实上，在逗留莫斯科期间，我再也没有落下眉毛。准备好迎接令人兴奋的事，我的心怦怦直跳，我现在进入了一座建立在鲜血和神秘之上的城市。

欧洲关于苏维埃首都的传说把它描绘成一座混乱不堪的城市，房屋的建造是从屋顶向下进行的，那里的人们走路时半个鞋底在云中，他们用左手画十字，最前的总是最后的（例如，排队时），而那里的官方报纸《真理报》正好是黑白颠倒的，诸如此类，不可胜数，但这些都不是真的。在莫斯科，

① 健康粮食署一条公共告示要求市民不要咬葵花籽（semechki），慕肖森理解为谢马什科（Semashko）要求人们不要咬他。尼古拉·谢马什科（Nikolai Semashko，1874—1949）是莫斯科大学一名公共卫生学教授。

房屋并不是从屋顶向地基建造的（也不是从地基向屋顶建造的），人们画十字既不用左手，也不用右手，至于他们的半个鞋底下是云朵，还是地面，我不知道，因为走来走去的莫斯科人根本没有鞋底。是真的，饥饿和贫困从四面八方伸出成千上万只手掌向路人寒暄。什么都被吃掉了，包括洋葱型圆顶。有时人们试图吃自己的帽子，但这扰乱了他们的消化系统。当我抵达时，食品店已被木板封住，然而人们聚集在画有火腿和香肠、饰以萝卜的彩绘招牌周围，聚在金色椒盐卷饼和野猪头的模型周围，用眼睛饱餐着。更富裕的那些莫斯科人则雇了艺术家来享用古老的传统烹饪。晚餐的第一道菜是一幅绘有各式各样食物的荷兰派静物画，甜点是用纸浆制成的圣诞树装饰品（各式各样的水果）。短缺范围甚至扩大到物资，商店货架上除了灰尘之外，几乎什么也没有。此刻回想起这事有点儿滑稽，当时我亟需一根剑杖——一根普通的剑杖（那里的人行道坑坑洼洼的），但找不到一根双刃剑杖，没办法，我只能满足于一把单刃的。再举个例子：当一个莫斯科人因为物资短缺而绝望得想吊死自己时，结果发现绳子是沙子做的，他没死成，只受了几处擦伤。令人愤怒！

在逗留首都期间，我发现普遍的毁灭和贫穷进一步加剧了内部分歧。一天，在经过一排类似蛛网颜色的灰秃秃的房屋时，我停下脚步，欣赏一幢引人瞩目的新粉刷的带玻璃窗的宅邸。第二天，我碰巧走近那所房子时，看到油漆已开裂，墙壁凹陷，而房前的街道被埋在从正墙面脱落的大块灰泥和碎玻璃之下。

“那座房子发生什么了？”我问一个过路人，他正小心地绕行，以免他的赤足被碎玻璃割伤。

“一场谈话。”

“是吗，那后来呢？”

“后来，反对派领袖离开时砰的一声关门，就成那样了。”

“胡说，”第二个向我们走来的人说，“是在他出去时，他的手指被门夹了一下。重点是——”

“重点是，”第一个人这时跛行着，郁闷地插嘴，“就是因为你的问题，我的脚被割伤了。”

两人背转身，朝反方向大步离开，令我一头雾水。

慕肖森按下一个按钮。灯光被黑暗替代，方形银幕上颤动着浮现出两张那幢房屋的照片，先模糊，而后清晰起来：早先的和事后的。

大厅里有些人脑子里出现了一丝联想：几乎已被遗忘的有关马提尼克岛地震[①]的旧照片。然而那段记忆还未能被重

① 马提尼克岛地震：一九〇二年的一场“自然的惊厥”，摧毁了法属加勒比海岛屿的文化首都圣皮埃尔。

新唤醒，按钮就将灯光换回，慕肖森又开始叙述，不给听众机会走神。

5

如果你鸟瞰莫斯科，你将看到它的中央有一个石头“蜘蛛”，即克里姆林宫。它从四个敞开的拱门睨视自己编织的道路之网：蛛网般的灰色线条呈放射状延伸，连接远处的拱门；它的多个半径嵌着短巷子；在某处，这些道路织成一条条长圆弧，形成林荫大道圈和路堤；在别处，蛛网的末端被风扯断，形成一个个死胡同。在网中蜿蜒而行的是一条深蓝色的“毛虫”，即一条河流，它的身体几乎断裂，被许多桥僵硬地相拥着。现在让这只俯瞰的鸟栖到莫斯科的一个屋顶上吧，我坐入一辆出租马车。

“去哪儿?”被轻拍肩膀唤醒的马车夫问道。

“去塔巴契科津斯基巷。”

“只要十亿卢布[①]，老爷。”

马车夫猛抽他那匹半死不活的老马，车子吃力地在鹅卵石上挪动，我们从一座桥的驼峰上下来，驶入扎莫斯克沃雷

① 十月革命后，通货膨胀失控。一九二四年，一项货币改革规定五百亿“旧”卢布换一个“新”卢布。

奇[①]的复杂小巷中。在其中一条巷子里，我们找到了一座很小的房子，窗户向外斜视，门廊嘎吱作响。

“科洛布金教授[②]在家吗？”

“请进来吧。”

我走了进去。这位令人尊敬的科学家透过眼镜片向我眨眼。我解释了拜访的目的：作为一个外国人，我想了解一下俄国科学家所面临的物质条件。教授道歉：他无法握手。他的手指确实缠在纱布和绷带里。我问为什么会这样。原来，这些科学家所需的很多基本材料都很匮乏，连石板都没有，于是他们不得不手里拿着粉笔到处转悠，寻找石板状的平面，在上面记下他们的计算过程、图表和公式。这样，就在前一天，科洛布金教授看到一辆引人注目的黑色马车停在附近一个入口处。教授就静下心来，用他的粉笔去工作，代数符号开始在那个即兴的石板上刮擦，这时车轮启动了，带着他刚刚揭示了一半的发现离开。无须说，那可怜的人跟在逃离的公式后面飞奔，然而公式跟着闪光的辐条突然转向一条背街，就在这一刻，他撞上了一辆正驶来的马车。碰撞！教

① 扎莫斯克沃雷奇（Zamoskvorechye）：莫斯科河南侧的一大片环状土地，对面是克里姆林宫。

② 伊凡·伊万诺维奇·科洛布金（Ivan Ivanovich Korobkin）：安德烈·别雷小说《莫斯科怪人》（1926）中的数学家英雄。

授缠绕的纱布无声地道出了后文。

离开教授后，我开始研究马车和汽车的背板。不久，我在经过一个挂着锤子和镰刀的拱门时，一辆汽车迅速地停在路边，它那黑色帆布上有未完成的图表的白线划痕。我朝图表的方向瞥一眼，很快就发现了始作俑者：街道的那头，一个人正以秃脑袋顶着空气，气喘吁吁地冲过来，一只手里握着一截白色粉笔。纯粹出于对运动的兴趣，我拿出我的精密计时器，用秒针计时。但就在那时，一扇门砰地关上：一个眼睛藏在帽舌下、肘下夹公文包的男人从那辆汽车里大步跨出，打断了我的观察：

“外国人？”

“是的。”

“好奇？”

“是的。”

“那么”，那人指着此刻正喘着粗气冲向我们的那秃头，“告诉您的国家：红色科学正在赶超。”

他邀请我跟随他转身走向入口处的大门，我们走上楼梯，来到一间有十三部电话的私密书房。他的嘴唇掠过那些话筒，就像簧管乐手吹奏木管乐器。他示意我坐到一把扶手椅上，然后坐到我对面。不用问，我立刻就明白接下来我将与一位极其重要的人物交谈。我的对话者言谈简洁（不用附带语或从句)，喜欢问号胜过别的标点。他提问的方式像人们在下雨前把水桶和脸盆放在天花板的裂缝下等着接雨水一般。我别无选择，开始描述来自西方的游客不可能看不到的贫穷、食物短缺和商品短缺的印象。起先我还比较克制，谨慎地遣词造句，然而最近的印象让我情不自禁：我释放那些事实，给它们自由——结果它们冲入了他等候的盆子。我什么都记得，连一根单刃剑杖都没有落下。

听完我的陈词，那人脱下帽子。这时我看到那著名的眼睛和前额，只要瞥过一眼带插图的《俄罗斯年鉴》的人都能认出来。

“是的，我们很穷。”他紧盯我的瞳仁，“我们的生活像是一场展览会：每个展品只有一件，没有多的(或许这就是为什么我们那么热衷于展会)。我猜你会这样想，不是吗?的确，我们的剑是单刃的，我们的政府是一党制，我们是唯一的社会主义国家。但是你不要忘记单刃剑的优势：你至少知道该用哪一边出击。攻击时不必在这个和那个之间做选择。我们是穷，而且还会更穷。但无论如何，我们的茅屋之国迟早会变成宫殿之国[①]。”

沉默之间，我听着他的手指敲打桌沿。

①“让茅屋得到和平，宫殿得到战争”的改写，最初源自法国大革命标语“让战争降临城堡，和平笼罩村舍”。

随后他问："为什么您不问问我们的文学？"

我承认我畏缩了。他眯着的眼睛显然已偷偷地溜入我夹克的翻领，正随意地翻阅我笔记本里的内容。

"您猜到了我所想的。"

"还有您的名字。"他的笑容先拉长，然后缩短了嘴巴的裂缝，就像短曝光时的光圈，"一个文学作品里的主角当然会对文学好奇，对'生活闻起来如何'[①]好奇。对于那些居住在书中的人，或是移居到书中的人来说，它闻起来有一股印刷油墨的味道。于是我们所有摇笔杆子的人都有权选择：饱食或禁食。有些人步步稳升，有些人缺衣少食。"

"但是，"我逐渐恢复了沉着，反对道，"火车头的炉膛里已经开动的，您却想要终结……"

他起身，我也站起来。

"联系这个地址，好获悉更多详情。"他从记事本上撕下一页，将一行墨迹递到我眼前，"我相信，我们的秃顶科学家已经画完他的图表了。我得走了。我可以按照中世纪的风俗送你进火炉管道，把你原路遣返。这儿的这部电话再加上

① 苏联诗人亚历山大·别茨门斯基（Alexander Bezymensky，1898—1973）的一首诗的标题为"生活闻起来如何"。

三个字母代替魔法[1]，然后你就仿佛糠秕，被风吹回去了。但我知道你的族名，所以看穿了你的预兆。好了，继续扮演外国人吧。”

我们相视一笑，但没有握手。我走出门，台阶如钢琴的琴键在我的脚下滑走。唯有街上清冽的空气让我恢复了平静。

6

记事本纸片上的地址将我引到一座庄园的圆柱前，它矗立在莫斯科一条安静的街道上，远离马车的辚辚声和电车的铃声。同一张纸片打开了一个工作室的门，那里的仆人告诉我，这座房子的主人就在里头。我一边走入，一边观察，看到一个巨大的、天花板很高的大厅，却不见家具。四面墙内的整个地板上覆盖着一张巨大的、让人眩晕的白纸，以大头针钉固。我的眼睛扫视那辽阔的一页，在那纸的最远端，有一个男人正以手和膝着地，沿着一把看不见的直尺从左到右移动。走近些细看，我看到从他的手指和大脚趾间探出的自来水钢笔，正飞速地涂写于纸上平原。以地板抛光机的速度，他以嘎吱作响的四根粗笔在墙与墙之间刻下四道墨迹，

① 大概是一条接通秘密警察的热线，再加三个字母“VMN”（最高惩罚方式），是苏联时期对死刑的委婉说法。

慢慢地向我靠近。这时，如果我眯眼看去，会看到：一场悲剧沿着顶线展开；低一点儿，是一篇关于连续低音和严格的对位形式的论文；他的左脚撰写着关于俄国经济状况的文章，右脚写的是一部韵文音乐喜剧。

“您在做什么？”我大步走向这位地板抛光机，再也无法抑制这个问题。

这位劳动者转向我，抬起头，透过夹鼻眼镜的汗珠近近地凝视着：“文学。”①

我踮起脚尖走出去了，唯恐妨碍这场诞生。

我对莫斯科科学界和文学界的了解还不止于此：我拜访了《删节大词典（整全无删版）》的编纂者；我查出了那位发现“突现的尖礁”②的著名地理学家；拜访了一位谦逊的裂缝收藏家③；还出席了“去年的雪研究协会”④的一场正式会议。换句话说，我获悉了红色科学努力解决的那些热门话题。虽然我很有兴趣详述这些，但时间恐怕不够了。

---

① 暗指马雅科夫斯基的随笔《诗是如何产生的》(1926)，他主张诗属于“工业”，并且“只有以工业生产的态度对待艺术，才能把不同类型的文学劳动放在同一个平面上：诗歌和新闻皆如此”。

② 可能指位于克里米亚的巴拉赫塔湾的突兀礁石。

③ 暗指科尔扎诺夫斯基的短篇小说《裂缝收藏家》中的主人公莱乌尼克斯，即莱布尼兹的化身，或作者自己，因为诗人正是“我们这个开裂的宇宙中最精微的裂缝的收藏者”(马克西米安·沃洛申语)。

④ 在俄语中，“就像去年的雪”这个短语指的是毫无用处的人或事。

7

探访一种又一种心智，敲叩所有博学者的脑门，我竟然没注意到两三英尺底下发生了什么。俄国的这句谚语“让猫从袋子里出来”（泄密）需要修正：猫早就被吃掉了，而当他们企图不让饥饿问题从袋子里出来时，饥饿就会反击，它狂暴地从所有人的胃里发出隆隆声并威胁——如果不给面包，它就吞下革命。我天生是个慈善家，霍华德[①]和哈斯[②]这两个名字让我热泪盈眶。于是我决心全力帮助这个被战火和太阳烧焦的国度。我发了一封密码电报，很快，几列来自欧洲的火车就带着牙签抵达了。女士们、先生们，你们能想象那些饥肠辘辘的居民在面对这些火车时的感受吗？这最初的成功让我能力倍增。苏联政府的施粥并不能与饥荒做斗争：他们给每个人分配一颗罂粟籽，所以人们就不能说嘴边没有食物；这样虽然阻止了抱怨，但胃还是空的。我建议他们招募捕鼠者，他们于是动员了每一名捕鼠者。每一所粥屋都配备一个风笛手，让他绕着房屋转悠，诱出躲在地窖和地板下的老鼠。在美妙旋律的引领下，这些食物排成一排——鼻

① 约翰·霍华德（John Howard，1726—1790）：英国慈善家，推行监狱改革，在俄国死于一种感染性高热疾病。

② 弗里德里希·约瑟夫·哈斯（Friedrich Joseph Haass，1780—1853）：一名在莫斯科度过职业生涯的德国医生，他致力减轻囚犯的痛苦。

子挨着尾巴，尾巴接着鼻子——笔直地行进到厨房的大壶和大桶里。

催眠医师们也被强征加入这项工作①。他们让快饿死的病人坐在一把舒适的椅子里，绕着他边走边念咒："你看，这个不是装满烟头的烟灰缸，而是一盘汤饺。吃吧，就是这样。现在你吃饱了，用餐巾擦擦嘴。下一个！"

但最受欢迎的是在我的建议下开设的所谓"暮宵大嚼食堂"。当然，我只能在不暴露身份的情况下援引我的文学出处。每个食堂的配备非常简单，一根长长的绳子，再加一小块猪油充当食物。这点儿东西对无论多少盖子来说都足够了，因为每盘食物端上来时多少都被盖着。在午餐时间，人们会排好队面对服务员，而服务员把那块滑溜溜的猪油绑到绳子上，递给第一张嘴巴吞下，然后——你们记得我的鸭子②吧。如果排队很长，可以再接一根绳子，若有必要，再来一根绳子，如此照办。我推荐有兴趣的人读一读我的暮宵厨房实用手册，这本以《当饥饿已成猎手》为标题的册子

① 一九二二年，俄国神经病理学家、催眠术先驱弗拉基米尔·别赫捷列夫（Vladimir Bekhterev，1857—1927）在布尔什维克政府的支持下组织了一个特殊的精神暗示研究会。

② 传说中的慕肖森用一条很长的狗链拴上一小块猪油抓住了几十只鸭子。第一只鸭子吞下滑溜溜的猪油，没有消化就排出去了；第二只鸭子跟着做，然后第三只，以此类推，直到它们像珍珠一样被串起来。

印了几十万本。顺带一提，在这类食堂吃午餐的人不能马上彼此分开；第二个人尾随着第一个，第三个——不管愿不愿意——紧随着第二个，以此类推。这导致了在今天的苏联，即使没有大饥饿，胜利游行也非常普遍[①]。甚至像“追随”“幕后操纵”和“串连”这类常见的表达，我敢说，都是“暮宵大嚼食堂”时代的回声。

正当我如此忙于观察、在意义中漫游、把它们慢慢地倒入我的笔记本、促进公知道德、与饥荒和灾难斗争时，时间却拉着昼夜之绳，系紧日子和年月。莫斯科林荫道上的树木开始失去叶子，像一页页撕下的日历，慢慢地撒落四方形小叶。我开始反思，满足肉体的饥饿只是这场斗争的一半，唤醒精神的饥饿是另一半。我是个无可救药的唯心论者。我与黑格尔长时间的谈话给我和他都留下标记：自由、不朽、上帝——这是我椅子的三条腿[②]，我平静地坐在上面。我的意思是，唯物主义者，只有当他们对自己的唯物论持唯心主

① “使得莫斯科示威活动更壮观、不祥的是其完整的组织：潮水被拴住了，而链子握在红场上的一小群人手中。”参见尤金·莱昂斯（Eugene Lyons，1898—1985）《乌托邦的任务》（1938）。

② 慕肖森混淆了黑格尔和康德。自由意志、灵魂不朽、上帝存在是康德的纯粹实践理性的三个假设：人如果要过一种道德的生活，就必须假定这三种不可证明之事为真实的。黑格尔在他的《自然哲学》中提出：人是不自由的，因为他依赖别人来满足他的动物欲——“这是一种不愉快的需要感。只有三条腿的椅子的缺陷也内在于我们自身”。

义看法时，才是成功的[①]。革命这根著名的扫帚扬起的灰尘比它扫掉的还多，它企图把唯心主义者从俄国的房子里赶出去[②]。然而，我反思道，他们中的很多人很自然地会拥堵在门廊里——这么多被扫除的，这么多精神之光[③]。我得去这些被扫除人群的内部探视一番。至少一次吧。我的时机来了。有一天我穿过一个市场，乞丐和小贩们乱哄哄地伸着手或是递货物，我的目光被一位递上一对火钳的高贵女士吸引：那女士和火钳靠着一堵墙，明显倦于等待买主。我走过去，轻触帽檐。

“夫人，若想够到我炉子里的炭火，得用一千公里长的火钳。您的火钳恐怕不够长。”

“您可以用它来杀老鼠。”她殷切地说。

我不再争论，付了她要的价，将火钳夹在胳膊下面。木头把手从我的肘下探出来，上面刻着伯爵徽章。我转身离去，伯爵夫人却拦住我。

“一想到我的火钳未能满足您的需求，我就很难过。”

---

① 暗指叔本华的《作为意志和表象的世界》，他在书中讨论了“唯物主义的根本荒谬”，并将唯物主义者比作慕肖森男爵，用翘起的辫子将自己和他的马从沼泽中拉出来。

② 一九二二年，列宁发起的一项运动，史称“哲学船事件”，将包括别尔嘉耶夫在内的俄国知识分子驱逐出境。

③ 一九一七年后留在俄国的持不同政见的知识分子不得不隐藏他们的光芒。

“是啊，足足欠了九百九十九公里又九百九十九米。”

“太遗憾了。但我也许能有所弥补，我介绍您认识一个人，他可以看到方圆一千俄里的地方，以及一千年后的未来。”

我答应了。不久，诸多被驱逐群体中的一个就对我半敞开，或者说，一间小屋的门半开了，然而露出的不是墙纸图案，而是湿气和臭虫留下的污渍，还有从小火炉旁探出头的、被烧焦的族谱的残片。好心的伯爵夫人介绍我认识的那人正忧郁地坐着，注视鞋尖，他曾是一位很有名的作家，写过许多关于俄国未来命运的书[①]。伯爵夫人看我不大耐烦，就试图把先知的目光从鞋子的端头移到宇宙的尽头。那人咬着他的嘴唇，一言不发。和我交换目光后，伯爵夫人转变话题。

“您注意到特维尔大道上的乌鸦没有？它们不再呱叫，而是欢呼？[②]那意味着什么呢？”

“不意味着什么。”先知嘟囔，目光从鞋子的末端移到炉子的一端。

① 暗指尼古拉·别尔嘉耶夫（Nikolai Berdyaev，1874—1948），他是宗教哲学家，理想主义者，后转为悲观主义者，社会民主党的主要理论家之一，著有《俄罗斯的命运》(1918)。别尔嘉耶夫出身贵族，其外祖母是法国伯爵夫人。一九二二年，他被驱逐出境。

② 暗指苏俄在莫斯科为国家元首举办的专场检阅游行。乌鸦显然也开始鹦鹉学舌了，“欢呼声像波浪一样在红场上翻滚”，见里昂的《乌托邦的任务》。

夫人对我点了点头，先知要开讲了。“编年史上说：‘烟雾之城。’还说：‘一轮血红太阳穿过烟雾，从莫斯科大公国上方升起。’《治家格言》[①]上说：‘像蜜蜂飞离烟雾，上帝的天使也会飞走。’当我们失去天使，烟雾从空间弥漫入时间，于是仿佛在一片雾瘴里，我们昏暗的大动乱时代就来临了。时间变得混乱，诸世纪大动乱，十三世纪紧接二十世纪，然后是革命，很久以前，我们一位伟大的作家称之为‘烟雾’[②]，另一位更早的作家提到‘祖国的烟雾’，它‘对我们如此甜蜜而亲切’[③]，无可计数的贪吃者热衷于吞食烟雾，享用煤渣和腐烂之物，膨胀又膨胀，直到他们的祖国缩小、再缩小，随烟雾一同离去，变成那对他们来说甜蜜而亲切的烟雾。看看大街上钟表的圆盘吧：它们的指针没有因厌恶而颤抖吗，为了弹掉时间的煤烟和灰渣？难道你那双被时代的烟雾刺痛的眼睛没有哭泣吗？难道……顺便说一句，伯爵夫人，您的炉子冒烟了。劳驾把火钳递给我。”

伯爵夫人和我再次交换眼神：如果先知猜到他关于烟雾

① 俄国十六世纪的一部汇编作品。

②《烟雾》是屠格涅夫的一部小说，小说的主人公在返回俄罗斯的火车上，看到被风吹起的滚滚浓烟，隐喻着人生无常与对生活的绝望。

③ 亚历山大·格里博耶多夫（Alexander Griboyedov，1795—1829）的诗体喜剧《悲哀的智慧》中的一句。他很可能是从德扎文（Derzhavin，1743—1816）的诗《竖琴》里借来的，后者大约是转述奥维德流亡时期的话：“就连尤利西斯也祈祷着，他能再次看到他祖先壁炉的烟。”

的只言片语是和火钳一起卖给我的，那会怎样呢？为了避免尴尬，在轮到我说话时我大胆发言，展示一整套来自西方的新奇事物。先知以手扶头的姿势坐着，乱蓬蓬的头发掩盖了他脸上的表情。伯爵夫人显然高兴得放光，求我告诉她更多。我说起在欧洲的众首都里人声鼎沸如瀑布奔流、夜晚如电气化的白昼、汽车如河流般流动、外交界的盛大晚会、降神术通灵会、时髦女士的时装、阿姆斯特丹国际①与英国国王的马车和侍从、波士顿流行的宗教②、音乐厅舞台上的新星、丘吉尔和卓别林，还有……透过蓝色的薄烟（那个炉子确实在恶作剧），我瞥见伯爵夫人的脸高兴得快消融了，然而我不顾后果地继续讲下去。当我开始描述一场俄国沙皇与我的正式拜会时，我抬起眼……没有看到伯爵夫人，她的椅子空了。我困惑地转向先知。他站起来，叹了口气：“是的，没有火钳，没有伯爵夫人了——她融化啦③。而你，你谋杀了她。”他卷起裤腿，蹚过刚才还是伯爵夫人的那摊水。我只能照做。囿于我们的秘密，我们溜出来，紧紧地关上身后的门。

---

① 一九一九年在阿姆斯特丹成立的国际工会联合会。

② 一八七九年在波士顿成立的基督科学教会。

③ 像俄国所有的昔日贵族，伯爵夫人在苏联时期成了一个被剥夺权利的“旧时代的人”。

七弯八拐走下一条街，昏暗的路灯徒然闪烁，我们在白墙之间沉默地走着。突然，我们看到其中一堵墙上有四个新粉刷的字母：USSR。我的同伴向我示意那些字母："读一读。"

我读了，破译每个字母。他摇着愤怒的脑袋。

"说谎！听着，我来为你揭开这个由天选之民所预言的密码：USSR——Una Sancta Sancta Russia——一个神圣又神圣的俄罗斯[①]。如果你将耳朵压在那些字母上聆听它们的呼吸，你只会注意到它们在呼气，而我能清楚地听到它们的吸气，千真万确，它们在说：'最神圣的、最像神一样的。'"

弯街引着我们向前。快到一个十字路口时，我的同行者突然停下。

"我不能再走了。"

"为什么？"

"从这里开始，这条街是用鹅卵石铺就的。"[②]这位先知

① 暗指别尔嘉耶夫一九二七年的一篇关于东正教和普世主义的文章。他认为，东正教的真理长期以来被隐藏，但如今东正教代表了实现普世基督教的最佳途径，而俄罗斯东正教的优势在于，它是一个殉教者和受难者的教会，也就是说，像上帝一样。

② 除了暗示圣经中的先知会被石头砸之外，这位先知可能还暗示苏联雕塑家沙德尔（Shadr）的一座名为"石头作为无产阶级的武器"的青铜雕像（1927），其实是一个工人在人行道上撬开一块鹅卵石。

喃喃地闷声说，“我这种职业的人最好避开石头。”

将同伴静止的身影留在了沥青带子的末端，我大步跨上鹅卵石。感谢上帝，在慕肖森一脉里并无先知。

跟我一起大步走的，是以下这个念头：两百万个后背，成群结队的人，因恐惧被告发或被秘密警察盯上而过着与世隔绝的生活。你抬眼看入他们的眼眸，你看到的瞳孔仿佛近距离直射的枪口，一种无穷无尽的“背靠背”。经验以其荒凉证实了我的想法：我看到一个人正迅速地离开他的住所，我拦住他问：“您去哪里？”

回答是：“让自己缓解一下。”

这些浸透苦涩的抒情话语永远铭刻在我的记忆中。那是个可怜而孤独的人，我在望着他消失时想，他既没有朋友，也没有爱人来宣泄他的感受——只有这黑暗的街道！两百万个后背，一大群，一大群。

8

慕肖森停下来：他的喉结落入衣领缝里歇息。这时响起一两声铃——一个影像突然出现在银幕上。惊恐声“啊”如一阵风扫过大厅，黑暗中，几十个人在冲向门口时突然撞到一起。

“开灯！”演讲者高喊。当枝形吊灯亮起时，他说，“大家请坐，我继续讲。”

这张让你们如此惊恐的透明图，女士们……先生们，应该能激起别的情感：刚才在你们面前闪过又消失的，是一个体现社会正义理念的生物的须臾生命。他身体的每一部分大小与其价值完全吻合。换句话说，你们刚才看到的是“平均人”，处理过工伤保险的人都见过他的肖像。这个“平均人”的身体构造是这样的：他每个器官的大小与保险公司就该器官受损所支付的赔偿金额成正比。所以在这个“平均人”身上，眼睛——我们身上的这个器官与我们的臀部相比明显要小，这很不公平，因为它们的工作价值要大得多——他的眼睛，正如你们清楚地看到，大如气球；他的左臂还不到臀部，而他的右手手指已贴地了，等等。我不得不承认，我初次遭遇这双气球眼睛时也被吓了一跳。但除了贺拉斯的格言“事事不惊”外，我自己还发明了一条准则“一无所惊”。有一天，在莫斯科一条林荫大道的长椅上，我发现自己坐在这个“平均人”旁边。舔着太妃糖的男孩们蹦跳着经过；擦鞋匠们追赶着肮脏的靴裤。邻座那张与我邂逅的脸藏在一张报纸后面，我的眼睛掠过那张纸屏风，我说：“这么说，改良派又一次往右转了。”

“对于零来说，想要有点儿价值，只能往右靠。”

那张报纸折叠起来，这时我询问的目光与从眼窝里瞪出来的“巨眼”相遇了。我猛地躲闪，但一只超长手臂追着我。那特大号的拇指和食指，以及相形之下显得短小的其他三根手指，让这只手看上去像龙虾爪。这只爪子在长椅的末端抓住了我，然后攥着我的手指。

“您好。我的名字是视觉助手。您的名字？我觉得您”——他隆起的鼻孔颤抖着——“闻起来也有股油墨味儿。”

“您果然很视觉化，”我答道，避开这个问题，“您确实是一道风景。”

“简直是一道风景，”他咧嘴笑起来，露出混合配置的牙齿，“但没有哪个女人会称我为一道赏心悦目的风景。”

“谁知道呢，”我说，试图恭维一下，“这个世界上的美并不多，糟糕的审美却很多。”

“是的，越糟糕越好。他们过去称之为‘前定和谐’。但如果您想让我做您的助手，就随便问我点儿什么——所有从零到无穷大的数字恭候您的差遣。”

我拿出我的笔记本。

“在内战期间有多少自杀者？”

“零。”

“怎么会？”

“是这样的，在您自己动手之前，别人已经……替您做了。”

9

与此同时，十月的风扫落林荫道树上最后的叶子，白昼如温度计里的水银柱越来越短，屋顶和地面已被雪覆盖。我通常借助轻快的行走让自己暖和起来。一天，我正大步走过沿冻僵的铁轨缓缓驶过的电车车队，注意到在每个电车最前面的车厢，即司机的旁边，都坐着一位年事已高、弯腰驼背的老人，帽子底下露出银白发丝。我停下来，让电车车队的司机和那些老人通过。我很迷惑，于是问一位过路人：“他们是什么人？”

“布克斯。”他低声回应，继续走路。

我立刻动身去了历史博物馆的图书馆。我脑海中浮现出一打贵族气派的鹰钩鼻和许多突出的下唇。我借阅了《天鹅绒之书》[①]，开始翻阅家谱，找到了布鲁斯，但没有布克斯。

这意味着什么呢？思索着迷失在书籍中的古老的布克斯家族的命运，我离开了博物馆。很快就有了答案：走下莫斯

① 俄罗斯最显赫家族的官方家谱记录。这本书是用红丝绒装订的，因此得名。

科躺卧其中的七座小山之一，我又看到一辆电车，钢铁刮擦着钢铁，正徒劳地攀坡，但没能爬上坡。最后，一位司机发出信号，那年迈的布克斯下了车，一瘸一拐地走到车前，比盐更不值钱的他，此刻左右撒着盐粒，而电车也像老人一样呻吟着，吃力地爬上撒满盐的铁轨。

在这样的系统里，莫斯科的有轨电车只对公职人员便利，因为有了它的帮忙，公务员上班就能迟到了。我只有一次把自己托付给这只“铁乌龟”，我必须坦白，它差点儿把我……带得太远了。事情是这样的：我弄错了站点，买了一张八戈比而不是十一戈比的车票。检票员抓住了我。我的罪行被上报，专人组织调查，之后这个案子与我一起被送去审判。最高法院受理了这宗未偿付三戈比的案子——在两把军刀的护送下，我被押上被告席。一大群好奇的听众挤满法庭。“死罪”与“死刑”这两个词在一张张嘴间传送。

我的辩护证词如下：因为我的行为不当是条件反射的结果，对我的惩罚也应该基于条件反射。深思熟虑后，法院宣布我有罪，并判处我应被枪决——用玩具枪。

到了行刑的那天早上，他们让我靠墙站立，面对着一打枪口。我还没来得及眨眼，就响起一连串的噼啪声，他们在向我开枪。我脱帽为这场扰乱道歉，然后走到外面的街上。

我现在是一具有条件的尸体了[①]。

处决通常发生在早上，所以街巷仍是空的，就像墓园里的小路。此外，那天是星期天，人们醒得稍晚些。我在一种亢奋状态中向前走，我仍能感觉到枪口的凝视。这座城市开始骚动，酒馆和啤酒吧开了门。我的喉咙焦渴，就在一个黄绿相间的招牌下推门进入，迎面而来的是一股啤酒味和激烈的说话声。我坐下，扫视杯子和人脸。太怪异了——坐在那里盯着自己杯子的顾客中没有一个人在和别人交谈，但他们都在连珠炮般地说着话。我凑近些听，听出了些眉目。那些人的词汇很贫乏，都是重复的，略有不同而已，都是成串的俄语脏话。他们杯子里的啤酒越来越少，所以他们涨红的脸和血红的眼睛就越来越暴怒，因此空气中的每一个毛孔似乎都因他们恶毒的谩骂炸裂了。那些面孔和眼睛都相互忽视，没有谁对谁生气；只有那些人工棕榈叶在冰雹般的谩骂声里紧张地颤抖。我完全不知道这是怎么回事，就唤来一位侍者并请他解释。他对我懒洋

①“有条件地枪决”是布尔什维克在一九一九年提出的一种缓刑形式，并于一九二一年七月对结构工程师和发明家弗拉基米尔·舒霍夫（Vladimir Shukhov）判刑。他负责建造莫斯科一座高一百五十米的双曲面无线电塔，工程进行到一半时，一场事故摧毁了大部分工程。舒霍夫被判蓄意破坏罪，如果不是他对这个项目不可或缺，他很可能会被枪决，但他作为一具“有条件的尸体”继续工作。仅仅八个月后，当无线电发射塔投入使用时，他的判决就被撤销了。

洋地笑着说："小商贩呗。"

"为什么会这样？"

"就这样啊，因为六天里你都得忍受买家的一切——你和你的货物没有一刻的安宁。他们抓啊、捏啊，问了又问，不要这个，不是那个，你拿出来、收回去，称量、再量，忍住啥也不说。你在六天里受尽沉默的折磨，但在第七天……"

侍者用他的抹布擦掉桌子上的一个豌豆荚，又回柜台去了。

我笑了，原来这些人是在他们的休息日，将漫长的工作周里通过眼睛和耳朵所接受的一切回赠给空气。

是的，我笑了，并非笑我周围那粗鲁的咒骂，而是笑它们所唤起的模糊记忆——我想起了邮车夫的号角。我敢说，你们都没有忘记那只神奇的号角，里面的曲调被冻住了，仿佛壳里的一只蜗牛，等到春暖回归时，曲调就会自动地唱出来[①]。但咒骂比曲调更加走运，哎，在诗人的日历里是没有星期日的，就算他能设法不在路上冻僵，他的心也会被冻伤。

① 神话般的慕肖森在酷寒之日离开俄国时，乘着邮车日夜兼程。在那些狭窄的小路上，邮车夫想吹喇叭警告迎面而来的旅客，却发不出声音。抵达下一个驿站，车夫挂在厨房炉火上方的号角突然嘟嘟地响了起来。原来那曲调被冻僵在号角里了，解冻后自动发声。

我，啤酒馆里的一具有条件的尸体，如此这般坐着沉思条件反射。

10

在大厅的后面，一张四折纸条从一个个肩膀后面沉下又跃起，从最后一排传递到第一排；它一到讲台上，演讲就戛然而止了。

“我收到一张便条！”慕肖森满面笑容，挥舞那信。

一只女人的手询问有关苏维埃社会的妇女的状况，关于她们在爱情和婚姻中享有的权利。我本来不打算讨论这类事，但因为您坚持，我就长话短说：与从前的俄国人对女性的态度相比，如今有了根本性的改善，那些“头发长，但见识短”的“不和谐生物”终于赢得了留短发的权利。

至于对爱情和婚姻的实践性研究，我这两百年的经历多少可以免除我解释这一项的义务。然而，我希望能完全地尽我的责任，毕竟好奇心有时候也可以伪装成激情，我确实与一双迷人的眼睛适当地调过情。有一天我走在街上，看到前面有一个仙子般的少女，她牵着一个小男孩的手。“是他的保姆，不会错。”我想。我赶上她，冲她的帽檐下看了一眼。她窘迫地转开身，但就在那时，男孩的牵线红气球滑脱了她的手指，飘过窗子飞向屋顶。一眨眼的工夫，我就爬上了排水管去追赶。我一路跑过哗啦作响的铁皮，而一阵风把飘移的气球又吹到邻近屋顶上。我弯下膝盖，从这座房子跳到那一座——绳子在手了。我蹬离房顶屋缘，轻飘飘地与气球一起落地，落在吃惊的女孩和张大嘴的男孩跟前。那之后，一切都水到渠成，她的眼眸邀请我拜访她。我的心已经开始荡漾了，但随后一场愚蠢的误会搞砸了一切。为求早日得手，我半路进入一家商店。在莫斯科，人们会在同一个店铺里卖鲜花、马肉、吸血水蛭和罐头肉等。这家店铺长方形的蓝底牌子上写着黑字：**糖果与棺材**。我想买大盒装的巧克力，但肯定指错了方向。他们递给我一个很大的、包装精美、扎粉红丝带的长方形盒子。我的心怦怦跳着，敲响这诱人少女的大门。一看到我的礼物，她便双眼闪亮，一切进行得美妙而顺利。我感觉从凝视到亲吻，我已经走了一半，于是扯下丝带，然后她带着喜欢吃甜食的微笑撕开包装纸——我俩惊跳后退，靠在沙发上。从窸窣作响的包装纸里露出来的是一具镶着白边的深蓝色婴儿棺材。驶向幸福的火车鸣着笛——从我身边经过。噢，莫斯科那些该死的楼梯井是多么陡峭狭窄！

是的，我并不惮于坦言，因此我要告诉你们，有想象力的人在爱情里是无能为力的。毕竟，一位特级大师可以不看棋盘而下完一盘棋；恋爱时，最好是去爱一个女人而不必看她。想想吧！谁能在女人那里获得成功？我至今难以忘怀一位来自汉诺威的脸上满是疙瘩的档案馆员[①]，他一辈子都在摆弄档案文件夹的带子，知道如何迅速地解开它们，通过调换这种灵巧的指法，他声称自己变得不可抗拒。这位档案馆员很喜欢自夸：在她们说出“是”或“不”之前，她们的带子就被解开了。我倾向于认为他的话并不全是吹牛。

不管怎么说，自那之后，我就放弃了爱的实践，对此问题的了解仅限于理论。成堆的苏俄纯文学让我得出满意的结论和预测——在苏维埃报纸喋喋不休于阶级间不可化解的敌意时，他们的小说却只颂扬秘密警察爱上白军女孩，红色女游击队员爱上白军军官，劳动者爱上女贵族，失去头衔的王子或伯爵爱上黑土地上淳朴的农家女。所以我们这些相信俄罗斯文学旧现实主义传统的人能满怀信心地期待，所有被锤子砸进去的，都会被镰刀……弯月削下来，夜莺的婉转啼鸣迟早胜过工厂的笛声。历来是这样，未来也如此——反题总跟在正题之后，一旦它们结合，老朋友合题就会立刻出现。

人们对这一情况的看法悬在半空——它们还没有落地生

① 指鲁道夫·埃里希·拉斯普（Rudolf Erich Raspe，1737—1794），他是《慕肖森男爵在俄罗斯的奇妙旅行和战役》（1785）一书的作者。

根。有人拥护“**为了爱，每个人都应该上街**”[①]的口号，而其他人辛勤劳作，维持家灶熊熊燃烧[②]。提香的“神圣的爱人”与“世俗的爱人”平静地坐在一口井的两侧[③]，她们突然抓住对方头发，试图蛮横地把对方推入那井中。

基本上不用瞎猜，你们就注意到重组爱情的事业已经有了一个伟大的开端。“一个好的开始胜过了金钱。”就像一个五分钟前刚失去贞节的女孩在没有拿到如约的报酬时说的。我不相信法学家们发明的方法能与自然法对抗。伟大的方法论者培根这样定义经验：“我们只是增加或减少物体之间的距离——其余的交给自然。”[④]如果你们能考虑到，就我刚离

---

① 亚历山大·柯隆泰（Alexandra Kollontai，1872—1952）倡导的一场支持裸体主义的运动。一九二四年九月，布尔加科夫在他日记中写道：“几天前，莫斯科街头出现了一群一丝不挂的男女，肩披‘我不羞耻’的横幅。他们上了一辆电车，但乘客退缩，并试图把车叫停。”

②“一个著名的大学教授用几乎是圣保罗的原话‘与其欲火攻心，倒不如嫁娶为妙’来建议苏联的年轻人。他说：‘娶一个妻子，让一个女人与你共享真诚的理想，并且在你为共产主义国家工作时与你合作；要尽量克制，因为性爱是一种浪费国家所需的生命能量的行为。’”参见多萝西·汤普森（Dorothy Thompson，1893—1961）《新俄国》（1928）。

③ 提香画作《神圣与世俗之爱》（1524）里，两个女人坐在盛满水的古罗马石棺上。

④ 培根《新工具论》（1620）：“在获致事功方面，人所能做的一切只是把一些自然物体加以分合。此外则是自然在其内部去做的了。”

开的那个国家的生活条件而言，无法再进一步缩短距离[1]，那么……请允许我回到这张字条。

11

苏联的经济复苏缓慢而不易察觉，正如他们北方的春天，嫩叶几乎无法从冰封的秃树枝上萌出。如果我没记错的话，一切都始于人们开始移除彼此眼中的梁木。过去，他们连尘粒都懒得去注意，但生活迫使人们目光敏锐。不久，从人们眼中拖出的梁木就可以供应建造了。在这座城市的外围，时而这里，时而那里，木屋开始出现，住宅合作社突然冒出，一切开始改善。

大道上，沿街种上了树苗（那里的老树只剩些树桩了），人们用一种简单而巧妙的方法让它们长得更快：每棵小树的一端系根绳子，另一端系个滑轮，把那棵树拉起，直到它升至战前的高度。不出几周，光秃的大道上绿树成荫，像从前一样排列。

所有的墙和篱笆上都张贴数量众多的海报，为路人提供

① 暗指苏联的标志性发明：公共公寓。“一套只住一个家庭的公寓变成住六个或更多的家庭，这取决于房间的数量，其中最大的房间可能会被拆分……这种生活方式，除了令人难以置信的拥挤外，还需要与完全陌生的人持续接触。”参见安德烈·西尼亚夫斯基（Andrei Sinyavsky，1925—1997）《苏联文明》（1990）。

一些实用的忠告，例如，“**既然鱼从头部开始腐烂，那就从尾巴吃它**”①，或是“**为了节省鞋底，请用手走路**”②。我记不得所有的了。与海报争抢眼球的是预告奢华演出和大众娱乐的节目单。被这类浪潮席卷着，我不能只做一个被动的旁观者，就提出了自己设计的各种方案。于是，我在给一个莫斯科剧院的导演③当顾问时，建议他将果戈理的《钦差大臣》搬上舞台，以我的宏大规模——也就是说，以颠倒一切的慕肖森式规模，从标题开始。

那部剧，如我们所设想的，应被称为《三万个信使》，主要情节将从个体转移到群众④，主要角色将是悲惨的魂灵们，他们甘愿给残酷的剥削者、彼得堡大臣赫列斯塔科夫充当送信的奴隶。赫列斯塔科夫鞭笞他们，让包裹如雨点般砸

---

① 这是俄罗斯的一句警句。

② 在那个时期，许多苏联海报都宣传用橡胶套鞋抵御雨水和泥泞，有些海报出自马雅科夫斯基。

③ 暗指前卫的莫斯科舞台导演、戏剧理论家弗谢沃洛德·梅耶霍尔德（Vsevolod Meyerhold，1874—1940），他的动态蒙太奇将戏剧渲染得面目全非。在他的手中，马提尼特的《夜》变成了《颠倒的世界》。据一些批评家说，他在一九二六年创作的《钦差大臣》中根本就没有“果戈理”，其他人则嘲笑他给野心勃勃的妻子安排的角色太夸张，“一个主要的争论点是他对天鹅绒和丝绸的使用，他为妻子制作了十四套服装。”本雅明在《莫斯科日记》里写道：“此外，这场演出持续了五个半小时。”

④ 梅耶霍尔德公开拥护布尔什维克革命，很快发起一场“戏剧十月革命”，为大众提供与政治相关的表演。

到他们头上，直到有一天信使们组织起来，决定罢工，停止邮递。在此期间，赫列斯塔科夫正向一个内阁部长或菜圃园丁的漂亮老婆求爱，我忘了是谁。他派第一个信使给她送一封信，确定当晚在菜圃里见面（这是俄罗斯的一种风俗）；但是罢工的信使没有送达这封信。赫列斯塔科夫在花园里等了一整夜，然后愠怒地回到大臣府邸，派第二个信使送出第二封，同样的地址，同样的结果。第二次，第三次……第一千次，第一千零一次，他无不次次失望。赫列斯塔科夫每晚都在菜圃里等着，足足等了三年毫无结果，但他仍没有放弃赢得冷美人之心的希望。他老了，也日渐消瘦，仍执着地派遣信使把写给她的信寄出去；第一千四百五十次，第一千四百五十一次……第两千次，一幕接一幕。他这种老练的女人猎手讨厌拖拖拉拉的爱情，便放下所有工作，每天写不止一封信，而是十封、二十封、一百封，却不知道他所有的信都被送到罢工委员会了。与此同时，那位园丁的老婆一点儿也不冷淡，这些年来一直在等着她心底渴望的一行字。她的菜圃被蒿草霸占，长满荆棘。这时在罢工者中，出现了一个孤独的罢工破坏者：最后一个信使，第三万个，他再也无法忍受罢工的压力，就把赫列斯塔科夫的信送到了收件地址。

接下来，赫列斯塔科夫竭尽足力跑去与园丁之妻约会，终于！但是罢工者们也没有松懈，他们发现了那个罢工破坏者，却只能目送第三万封信从指间溜走。此时他们撕开两万九千九百九十九封没有投递的信。想象一下这一幕的效果吧！信封到处飞舞，约三万张白色的四方纸片落到观众头上！雷霆般的合唱——集体朗诵——大声读出那接近三万个几乎一模一样的文本，怒吼到四壁和屋顶都颤抖："来菜圃吧！"接着三万人都有序地降落到菜圃，去除掉那个勾引人妻的大臣。那俩人正在板条栅栏旁窃窃私语。他俩想逃跑，然而从四面八方大步而来的全是信使、信使、信使。约三万个信封在赫列斯塔科夫面前挥舞，此时夜晚亮如白昼，他命悬一线。无私的园丁之妻哭喊着，她愿意把自己献给那三万个人，哪怕只是为了拯救她的唯一。这让信使们很窘迫，他们想躲进信封里。然后，一个悔改的赫列斯塔科夫当众忏悔，他并不是他们所认为的大臣，而是一个徒有其名的普通参事，像其他人一样，是无产阶级。和解。三万个人中的每一个都握着一把铲子，配合着歌曲《别把我引到花园小径》，他们的铲子猛击大地，除去长满荆棘的花园里的棘草。日出的红色条纹。擦去勤劳的汗水，赫列斯塔科夫迎来了新的日子："我眼中的鳞片已脱落。"鳞片之后，帷幕落下。这部剧如何？嗯？

这部剧已经开始排练，然而我们撞上一个意想不到的障碍。为了调动三万个信使，我们雇用了莫斯科附近地区的两个师[①]。但是当局无疑担心会发生政变，不愿将如此多的军队派进首都。不久之后，我就离开了，我要求导演（如果我的这出剧真能上演）不要在节目单上透露我的真实姓名。我认为他不会食言。

逗留莫斯科期间，我努力不错过任何一场科学或学术性讲座。经济的普遍复苏[②]对科学研究和实验的发展速度产生了有益的影响。女士们、先生们，请允许我概述一下我有幸参加的最后两场讲座。

第一场是原始韵律专场。演讲者是一位受人尊敬的院士，他一生致力研究斯拉夫语词源，寻找传闻中的古俄语的第一个韵。年复一年的工作将他带回十九世纪：韵的发明者似乎是圣弗拉基米尔[③]，他把“存有”和“饮酒”两个词押上韵。从这一原始韵渐次演变出更复杂的韵，由此产生所有的

① 此处暗示尤里·安年科夫（Yuri Annenkov，1889—1974）的剧目《解放劳动赞歌》(1920)，这是一个一次性事件，露天大规模演出，有四千名演员参加（包括最后一幕中出现的红军步兵和骑兵部队）。“原始的情节包括三幕：资本家对劳动者的压迫，劳动者争取解放，劳动者战胜资本家……从其形式上说，最新奇和最有趣的成就正是红军的参与，即把具体的现实片段引入戏剧表演中。后来，这种装置也经常在梅耶霍尔德的剧院中使用。”参见安年科夫《戏剧！戏剧！》。

② 列宁的新经济政策：在二十世纪二十年代准许私营贸易暂时回归。

③ 十九世纪基辅罗斯的大公，他选择了东正教而非伊斯兰教，“俄国人在饮酒中寻找快乐，没有饮酒我们就无法思考。”

俄语诗韵[1]。但是，这位雄辩的演讲者说，拿走它的“饮酒”，就没有什么东西能与“存有”押韵，它那颤抖的地基使得一切上层建筑摇摇欲坠，而它的书籍之屋还比不上纸牌屋稳固。作为结论，他建议修正术语，将诗的分类从过去的“抒情诗”与“史诗”改为“私酿”和“精馏”。

第二场是由心理平衡机构（ILP）组织的系列活动之一。单是《中缝的两侧》这题目就让我兴奋。一位可敬的生理学家将以思维电磁化来展示ILP的研究[2]。该机构的一群科学家已证明，大脑中产生的神经流就像电流一样，只在大脑半球的表面（即电磁思维的两极）传送。这样一来，将一个人的意识再提高两到三厘米，以将其固定在他的颅骨表面，在技术上就如小菜一碟了。在这表层化的意识区域，可以沿前额至后颈的那条中缝线将人的思维过程向左或向右梳理，视情况而定。我无须向你们解释，在这个大胆的实验中，几缕头

① 暗指语言学家、东方学家尼古拉·马尔（Nikolai Marr，1864—1934）。他出生于格鲁吉亚，具有一半苏格兰血统，在圣彼得堡接受教育。一九二四年，马尔提出世界上所有的语言都起源于一种由 sal、ber、yon、rosh 四元素组成的原语言。

② 暗指伯纳德·卡津斯基（Bernard Kazhinsky，1890—1962），他是苏联工程师，“大脑无线电”假说的先驱。一九二二年，他在莫斯科开了一场名为“人类思想就是电流”的讲座，开始了他的科学工作。一九二三年，他出版了《思想转移》，书中包含了一台“电磁显微镜”的蓝图，用来接收和记录大脑的思想发射。

发就能取代电线向太空发射思想。

一段简短的理论概述之后，这位心理学家开始示范。一个戴着低至耳朵的黄铜头盔的男人被带上讲台。头盔摘下，露出笔直的中缝，那头发如此顺滑，像是被烙熨入那人的脑壳——一边往左梳，一边往右梳。心理学家拿起一根玻璃棒，放到那人的左脑半球。

"'国家'这个概念已被定位在实验对象的这里，中线左边这缕头发的末梢。一个红点标示出它的位置。我邀请你们当中近视的人过来亲眼看一看。请注意：我将按压这个'国家'。"

玻璃棒尖戳那个红点：一星火花从右边闪向左边，实验对象的下颚松开，吐言："国家是暴力组织……"[①] 持棒的手抽回，牙齿摩擦，下颌猛地合拢。心理学家向他的助手示意。

"把他的头发梳到左边。很好。现在，你们能看到，这个红点是在右边了。接触！"

玻璃棒再次戳那个红点，火花从左闪向右，下颚打开："国家是必要的阶段，是通向……"

"还是闭嘴吧。"心理学家挥舞他的魔棒。

下颚紧闭，实验者被另一个人取代了。这是一个蓬头垢

① 出自甘地："国家以集中和有组织的形式代表着暴力。"

面、桀骜不驯的家伙。四个ILP卫兵都难以把他推搡上讲台。他的头发竖立，噼噼啪啪地迸着火花，他痉挛抽动的嘴巴被一团东西塞住。

“开启词语。”心理学家给出指令。

塞嘴物被去除，一大堆词喷涌而出，引起众脑袋瓜的一阵低语——“反革命”“白色意识形态”“百分之百的资产阶级”和“革命处于危险中”——直到有人跳起来喊，“说那种话，你该被枪毙！”

心理学家伸开双臂安抚听众。

“公民们，遵守秩序！我请求你们不要中断实验。打开剃刀！”

助理冲到仪表盘前，突然，一把带玻璃长柄的普通电动剃须刀滑过实验对象的脑壳，迅速地削掉他的一簇簇思想。随着金属齿一次次滑过他的头顶，这位反革命分子的词汇量越来越少，反应越来越迟钝、凌乱。当剃须刀完成任务，一个卫兵过来打扫被剃下的世界观。这位实验对象的双臂像鞭子一样耷拉下来，但他那悲伤的舌头，就像绕在牛脖子上的木头摇铃，不停地敲嗑：“自由言论——言论自由——自由言论——言论自——”

心理学家露出一副担心的表情，开始检查这位受试者被剃秃的脑袋。突然他的脸放出光，以一根短粗的手指指着病人的头顶："这里还有两根残余的头发。"他向观众咧嘴笑了笑，用两个方形指甲捏起看不见的东西，猛地一拉，"下来吧！拔干净。一声也别叫！"

心理学家吹了吹手指，返回讲台。那个卫兵已经扫干净，正要扔掉这些精神垃圾。但就在那时，从最后一排传来一个轻微的声音——要么是哈欠，要么是压抑的呜咽。一阵长时间的停顿后，戴眼镜的心理学家向此时缄默的观众席严厉地扫视着说："保持安静。让我们记住这句俄罗斯谚语：'剪掉了头发，你就不会为脑袋哭泣了。'[①]"

12

如果你从来没有参加过莫斯科的"五一"节游行，你就没见识过公共庆祝活动。五月到来，所有的窗子都被大大地推开，红旗在春天的水洼里波动，与白云的倒影混合。街巷中锣鼓喧天，你会听到一个个纵队稳健的踏步声，上百万条腿的溪流打着转儿穿过红场，倾泻入春意奔流的莫斯科河，冲破冰块，漫过堤岸。号角把《国际歌》抛向空中，当高耸的刺刀尖晃过检阅台时，红旗如巨大的鸡冠在风中鼓噪。我挤进人群，终于能详尽地观看这场庆典，它呼喊着战斗口号，

① 一句俄国谚语的倒置："砍掉脑袋，你就不会为头发哭泣了。"

拍打横幅与绶带的翅膀，它那只巨大的三面喙准备啄出天空中所有谷粒般的星星，从而将一把一把的鲜红的五角星掷回去，它的翅膀在众旗杆之间铺展，准备起飞。这是一场充满愤怒的庆祝，让我突然想起了一个传说，那是我很久之前在莫斯科的一个图书馆里看到的，但由于时间推移与事务繁忙，我很快就将它忘记了。但是那一刻，我开始记起这则传说，是关于一七六一年旅行至莫斯科的一个法国人①……但就在那时，铜号第一千次尖叫着《国际歌》，人群混乱，有人踩到我的大脚趾，我的思绪断了。

临近黄昏时，庆典才开始凋零，如风中开败的樱花树。墙上仍然反射着忽明忽暗的光，人群却稀薄了。然后窗户都合上了玻璃眼皮，灯熄灭了，只剩下我独自在荒寂的街上大

① 慕肖森在此试图想起的是一个真实的法国人：让－沙佩·达奥特罗什（Jean-Chappe d'Auteroche，1728—1769），一位修道士、天文学家，于一七六一年被派往西伯利亚托博尔斯克观测金星凌日。他曾在莫斯科更换"在不断的冲击中被摔得粉碎"的雪橇。在那之后，沙佩马不停蹄地赶路，并于托博尔斯克建立一个天文台。由于对外国人不熟悉，当地人把这个带着一架十九英尺望远镜的陌生人当成了魔法师。他们把那年春天灾难性的洪水归咎于他，说他把天上的星星都吓坏了。沙佩毫不动摇地继续做笔记（"在俄国，对荣誉和国家的热爱是不为人知的，那里的专制主义摧毁了精神、才能和各种情感……在俄国，没有人敢思考……可以说，恐惧是激励整个国家的唯一能量"），去找一位奇怪的教长谈话。他直言不讳的叙述激怒了叶卡捷琳娜二世，后者甚至发表了一篇反驳文章。撇开政治不谈，沙佩混淆了许多名字，包括很多教堂之名。

步走着，试图回忆起那几乎被遗忘的传说的一点儿线索。渐渐的，一切又浮现于我脑海，包括标题页的黑体字：**敞篷四轮马车里的魔鬼**。

传说是这样的：一七六一年，一个法国人一路旅行到莫斯科，为寻找一个对他来说至关重要的人，但他在半路上弄丢了地址，只模糊地记得这人住在公鸡腿上的尼古拉教堂附近。抵达莫斯科后，这个法国人雇了一辆四轮马车，吩咐车夫送他去公鸡腿上的尼古拉教堂。马车夫摇了摇头，说他从不知道这个教堂：那里有湿漉漉的尼古拉①、红钟铃尼古拉②、三座小山上的尼古拉③，就是没有公鸡腿上的尼古拉……于是旅客吩咐他走到各个十字路口，以便能问问过路人。马车夫挥舞着鞭子出发了。他们遇到的路人记起了各种各样的教堂，有些人记得柱子上的尼古拉④或帕兹的尼古拉⑤，有些记

---

① 十七世纪教堂，坐落在莫斯科河上的一个码头附近；尼古拉即“显行灵迹者圣尼古拉”，也是航海者的守护神，传说他经常在水手溺水时援手拯救。

② 十七世纪教堂，以其异常美丽的红钟铃而闻名。

③ 十七世纪教堂，建在莫斯科三山门外的高地上。

④ 十七世纪教堂，名字可能部分来自它的支柱上的柱顶修士圣西门。

⑤ 十七世纪教堂，名字来自它的所在地，位于扎莫斯科沃雷奇的一个地方。

起小鸡腿上的尼古拉[1]或木匠的尼古拉[2]，但就是没人知道公鸡腿上的尼古拉。马车轮继续转动，寻找失踪的教堂。夜晚降临，马儿、车辐以及鞭子都疲乏了，但迫切的法国人声称他不会下车，除非找到公鸡腿。马车夫抖了抖缰绳，车轮辐条再次响起格格的声音，在夜色笼罩的莫斯科里穿行。那个年代的莫斯科，人们很早就上床，街上只有两三个行人，他们听到从黑暗中滚过的声音便停下脚步，赶紧说声“不知道”就躲入门后。太阳燃亮、熄灭，又燃亮，复沉入黑暗，这场寻找仍在继续。疲倦的老马这时开始踉跄，几乎拉不动马车，车夫在车厢里昏昏欲睡、左右摇晃，然而那个顽固的访客仍操着支离破碎的俄语单词，逼他们前行——不停地走。他们会在每座教堂前停下，如果是夜里，马车夫会过去敲打门旁的小窗。睡眼惺忪的人们瞥一眼“公鸡腿上的尼古拉”这个问题，窗子就会随一声“不是”而砰地关闭。辐条绕车轴不停地转，寻找那座迷失的教堂。有一天晚上，他们走到了小鸡腿上的尼古拉，它的十字架耸立在两条莫尔查诺夫卡街的交叉口，看门人听见有人敲他小屋的窗，就从炉边的长

① 在沙皇阿列克谢·米哈伊维奇的养鸡场附近建造的一座十七世纪教堂。到了二十世纪二十年代，它位于大莫尔查诺夫卡街，离小莫尔查诺夫卡街仅一步之遥。

② 十七世纪教堂，位于阿尔巴特的木匠聚居地。尼古拉也是穷人的守护神。

凳上起身。那晚月光高照，他看到一张毛发蓬松的脸紧贴窗格。“谁在那儿？”看门人大喊，“是什么东西？”透过门，他听到一个被肢解的嗓音，但能听懂：“公鸡腿上的尼古拉。”看门人惊恐地用手画十字，喃喃祷告，而与此同时，固执己见的法国人已返回了马车，继续他的寻找。很快，一个关于这个陌生访客的传说便传开了：遇到过那辆神秘马车的人都说，有个驾着敞篷四轮马车的魔鬼在莫斯科夜晚的街道上游荡，寻找撒旦的地下教堂，众所周知，撒旦的左脚是一只公鸡脚。

如今，路人一听到神秘马车的咔嗒声就会飞快躲入小街，逃避任何问候或问题。而那个轻便马车里的魔鬼会徒劳地在十字路口间转悠，遇不到一个活人。

我沉浸在这个古老传说的画面中，踩着影子和斑驳月光走在无声的街巷里，直到误入一条狭长的死胡同。我转过身，想找到走出这石头布袋的路，但就在那时，从拐弯处传来轻微但清晰的车轮接近的咔嗒声。我加快脚步，极力想超过他们。太晚了——那辆破旧的马车已挡住我的路。是的，正是他们，被鞭挞的老马，在它剧烈耸动的肋骨间，月亮投下骨骼般的阴影织纹。马车夫皮包骨的手指抓着缰绳，他的那位轮廓不明的乘客正窥视着街道的远景。我将后背贴到墙上，试图藏入一栋房屋的角落。然而他们已经看见我了。一顶久已不用的低顶礼帽升过那个乘客的头顶，他僵硬的嘴唇嚅动。但是我预先阻断了那个问题，对着他咕哝的喉音喊：

“听着，您，幻影，您的幻象在何处？停止玩这种传说吧。您在找公鸡腿上的那个教堂，但这里有几千座：任意叩响一扇门，看看它是不是。您没看到吗，红色鸡冠在他们的屋顶上飘扬，闪闪发光的钢喙刺入天空？每一座房屋（如果您相信他们的传说），每一个想法（如果您相信他们的书本）都立在公鸡腿上[①]。只要一碰——所有这些就会竖起羽毛，追过来把我们像小米一样啄得干干净净，啄光所有的有钱人。至于您的车夫，我建议他赶紧加入一个工会，一百六十二年以来他被欠的债，工会要从您身上讨回来。您这个剥削者，彻头彻尾的魔鬼！”

激动的我二话不说就径直穿过那个幽灵。这一整天的事情让我筋疲力尽，睡意早在等我归来。到了早上，我还没能解开现实、梦和传说的线团。

13

对这场著名的聚会来说，我在这里所报告的，不过是区

① 慕肖森在此混淆了一个成语。他的意思是“在小鸡腿上的”，指的是古老的民间传说中的女巫巴巴·亚加（Baba Yaga）在小鸡腿上的小屋，也指所有摇摇欲坠的俄国房子。

区几便士，从我嘴里抖搂出来，就像从塞得满满当当的投币盒的狭槽掉出来。整个俄国都在这儿，在我的头骨下面。如果要记述我在苏维埃国家的全部旅行经历，恐怕得需十几部巨著。

无论如何，我察觉到我的硬币盒子满了，所以该适当地考虑我的归来。在苏联，鲜有人能拿到出国旅行的护照。我求助的第一位官员所给的回答，就像但丁地狱大门上的铭文："活人不可。"

我连眼皮也没眨一下。

"我请求您！我已经被有条件地射死了，怎么会是个活人呢？"

我着手收集必要的文件，推动我的案子脱离僵局。在官僚主义的铁箍中辗转了几个星期之后，我得到了车票和通行证。

最后之日到了。我的火车将在六点零几分开出。正午的天空里，一轮六月的艳阳高照，我还有几个小时可支配，我决定用这点儿时间来与莫斯科告别。悠闲地踱步，我很快就到了横跨河流的众桥之一。我悬荡于栏杆，最后一次凝望被迅疾如时间的水流冲荡的波浪和泡沫。在淤泥拥塞的岸边，传来悠长的蛙鸣"科娃——科娃"，让我最后一次忆起昔日建造这座城市的传奇，而这传奇的开头部分，你们可以从扎贝林[①]著名的历史书里读到。在过去，取代这些房屋的是小丘，广场那儿原本是泥泞的沼泽，居民乃是青蛙而非人类——不知从什么地方冒出来的沙皇之子莫斯，也不知他为何要追求沙皇的女儿科娃。他们在沼泽中建起婚房，举办婚礼庆典。但是莫斯和科娃刚刚单独在一起，科娃就听到有人在呼唤她。“去看看，”她对丈夫说，而丈夫更愿意和妻子待在一起，“去看看谁在喊我。”她的丈夫尽管很恼火，还是出去了。他看到小圆丘上蹲着一只青蛙在呱呱叫：“科娃！科娃！”莫斯嘘走那只青蛙，但是他一回到妻子身边，又有谁在别的小圆丘上唤她的名字。他的妻子又对他说：“去吧，去看看谁在叫？”莫斯愤怒了，下令在另一个地方重建婚房。但是那里也一样，每当他与年轻的妻子独处时，那种叫声就会从四面八方、从所有的小圆丘上发出，让沙皇的女儿科娃从她丈夫身上分心。科娃开始大哭，请求在第三个地方重建房屋。于是第四处、第五处，一共建造了三十三处婚房。斧头咣咣作响，房屋一栋栋建起；以前是圆丘的地方，现在有了屋顶；原先是湖泊的，现在成了广场；原来布满青蛙的湿地沼泽，现在成了一座住满人的大城市，他们说着最纯正的俄语里的纯正方言。现在，再没人能阻止莫斯和科娃合为一

① 伊凡·扎贝林（Ivan Zabelin，1820—1908），历史学家兼考古学家，著有《莫斯科城市历史》(1905)。

体，甚至连名字里都有：莫斯科——“莫斯科娃”(Moskva)。

再次不舍地离开栏杆，我信步走下熟悉的街道。一阵风掀翻了卖果冻的小男孩的托盘；他忙乱地在灰土里扒拉出散落的糖果，在最近的水坑里刷洗，熟练地把它们重新放回托盘。我继续走。一道熟悉的木栅栏映入眼帘。最上面的那块板上潦草地写着几个字“命悬一线”，这些铁锈色的字被阳光温暖着。这一刻，我放慢脚步，试图想象那个短语的意思。随即我感到无奈，就走过去了。

一个醉汉靠着一根贴着节目单的柱子，他跃动的双肘间悬吊着一架手风琴，正唱着：“啊，小苹果带着两片叶子。我真是太爱你了，我却害怕那巨大的分离。”那根柱子突然转动起来，将歌手和他的歌扔到了地上。我向前行。

一个巨大的广场向我浮来：广场正中央立着一个大教堂[①]，五个十字架高耸入云；宏伟的大教堂旁边，立着一个大理石雕像高高的底座，很明显是被革命推倒的。我必须承认，我从未放过任何一个空的基座。不完整性以及未完成性总会刺激我。那一刻也是：我迅速吃力地爬上那大理石基座，摆出一副高贵庄严的平静姿态。从下面经过的是一位街头摄影师；我只需向他抛一枚银币，他的头就会钻入那

① 救世主基督大教堂，由尼古拉一世于一八三七年委托建造，四十多年后，由亚历山大二世完成。

块黑布下面。我立着，手伸向落日[1]，只见一群人聚过来，“哦”“啊”地叫着，观看这一令人印象深刻的戏剧性场面。银幕能更迅速有力地传达这一点，请看。（雷鸣般的掌声迎接着从魔幻灯笼跃上平展银幕的画面。慕肖森鞠躬，然后示意安静。）

女士们、先生们，我不希望这一幕被认为是个暗示。回到我的故事吧，我得告诉你们，莫斯科广场上的居民们围住我这尊雕像时，就像你们此刻在大厅里这样回应我：他们鼓掌，高喊“快点回来”“不要走”，以及“您为什么离开我们”。还阻挡我从基座上爬下来。此外，那摄影师费了很长时间曝光。我延误了赶火车，你们应该不会感到惊讶——它擦着我的鼻子开走了，留下手拿车票的我立在空荡荡的站台上。

我的处境变得极其不利。麻烦的是离开莫斯科去往边境（也就是说，在我说的那个时间发车）的列车一个月不超过一趟。这会让我所有的计划泡汤。更糟糕的是，这会妨碍我履行自己在西方签署的契约，那会让我——慕肖森男爵（想一想都很奇怪，更别提大声地说出来）变成一个骗子，一个毁约者。

① 模仿列宁为共产主义指引方向的雕像。

但是我别无选择。我返回那座城市，整夜都坐在斯特拉斯特诺伊大道的长椅上思考怎么办。与此同时，时间从秒汇成分钟，又从分钟聚成小时。我车票上的日期已然是昨天了，我突然起了个念头：为什么不试着去找昨天呢？

我起身直接去了一家报社的办公室，在他们接受此类信息的窗口递入一张便条：“**遗失物——昨天**。如果您找到了，请交还……必有重谢。”诸如此类。

“好的，等几天吧。”

“请原谅，”我结结巴巴地说，“等几天的话，昨天就不是昨天了，那您该怎么称呼它呢？”

“三次昨天。”小窗口回答。

那时排在我身后的人提了一个建议：“保险起见，应该写成‘四次昨天’。他们不会在那之前刊出的。”

“那我该怎么办呢？”此时我完全混乱了，“我不需要‘三次昨天’或‘九次昨天’，我仅仅需要昨天，让我用简单的俄语告诉您吧——”

“好吧，如果您非得只要昨天，”小窗口反驳，“您得把您的公告放在第三天，这是规矩。”

“但是怎么——”我接近爆发了，但我知道这是在浪费时间。我决定采取不同的策略。我的脑海里翻腾着可以申请的机构及人员的名字，记起“去年的雪研究协会”。一个电话、一次简谈以及一辆马车就将我送到协会的档案馆。马车沿对角线穿过莫斯科，穿过一个城门。在这城市之外，离尘土飞扬的夏日道路不远处，档案馆的红屋顶隐约可见，半藏在一堵高墙后面。我们赶车到大门口。我用力拉生锈的铃扣，回答我的是一片死寂。再次拉铃。透过石墙，传来慢吞吞的脚步声。多奇怪啊：那脚步下的地面在嘎吱作响。还能是别的什么声音？终于，我听到一把钥匙生锈的抱怨，铜铸的大门沉重地打开。我惊呆了——七月雪。是真的。在石头高墙内，是苟延了几个月的冬天。长长的冰锥悬挂于光秃的树枝上，而包围着档案馆破旧建筑的菜地凌乱不堪，被雪堆和坚硬的冰壳掩盖着。一位年迈的杂役身体干瘪、歪扭，他领着我慢慢地沿着一条小路走向门廊，空气中满是柔软的白色雪花，无声地扑向地面。我没有问，因为我知道，这是去年的雪。

昨日部的领导——一位秃顶绅士，眼神在黑蓝色的玻璃镜片后发呆——已知悉我的来访，因此颇为友善地迎接我。

“是那样的，这时有发生。”他微笑着说，“一个人若是错过了瞬间，下一次他有可能错过一生。您向我们申请您**失去的一天**[1]，您会发现我们把所有被收割和耗费的都收集起来

[1] 原文为拉丁文“diem perdidi”。

了，就像《圣经》里的路德拾取被镰刀遗落的麦穗一样。我们什么都不浪费，包括滴答而去的每一秒钟。路德（Ruth）收集起了俄罗斯（Rus），哈！在这儿——拿回您的昨天吧。”

他递给我一个编了号的、整洁的、蜘蛛网色的小盒子。我打开盖子：里面是裹在一团棉絮里、烦躁地竖起的秒针，我的昨天睡眼惺忪地摇摆着。我不知道该如何表达我的感谢。

黑蓝色眼镜提议给我看看“路德－俄罗斯”（Ruth-Rus）的档案，但我害怕再次失去曾经失去的，就表示抱歉，赶紧走到门口。去年的雪花一直送我到大门口。我浑身雪白地走了出去。转眼间，夏日的阳光融化了我的白雪披风，晒干了我的衣服。我跳入等候的马车。

“去火车站!”

车夫抖动缰绳，我们出发了。我多少有点儿不相信刚才发生的事，尽管时间是不可见的，我的眼睛开始寻找证据。紧接着，我瞟了一眼街上的钟，突然看到时针正在后退：从六退到五，从五退到四，倒序后撤。一个报童蹦蹦跳跳地跑过来。

“号外！号外！读一读吧!”

我碰了碰车夫的夹克，让他停车，找一块硬币买了份报纸。我的心怦怦跳着，打开四折的报纸。感谢上帝——在报纸名的下面，普通字母印刷着昨天的日期。我们继续疾驰。

现在我可以平静地凝视在车轮下流淌的街道了。那是昨天的小男孩：昨天的风吹翻了他的果冻托盘，他再次在一个水坑里冲洗糖果，并把它们放回托盘中。那里是那个醉汉，躬身靠着贴有节目单的柱子，他欢快的双肘间夹着手风琴："啊，小苹果带着两片叶子，我真是太爱你了，但却害怕那巨大的分离……"我现在知道那根柱子会转动，会将歌手和歌曲甩到泥土中。我移开目光。从本质上说，尼采"永恒的回归"理论，如果不值得批评，也值得打哈欠。

我们终于抵达了火车站。我再次站在站台上。那正是我那趟列车。它缓缓地倒回，气喘吁吁地停了下来。为我——一具有条件的尸体——提供一节用粗糙的红漆木板制成的特殊车厢；车门上用粉笔写着：**极度易朽之人**；那些字的上方是绿色的松枝。有点儿阴森，但也没办法，我展示车票，准备装载自己。滑门颤动着打开。坐在完全的黑暗中，我能听到他们关闭车厢的门。①

然后……然后是在那小单人间里的两天旅程，我有足够的时间思考所有见闻，筛除谷粒中的壳，并得出最后的结论。但是，女士们、先生们，请诸位允许，这一切暂时秘而

① 慕肖森于一九二三年被俄国人送回德国的方式与列宁于一九一七年被德国人送回俄国的如出一辙。

不宣。我讲完了。

慕肖森男爵鞠了一躬正要走下讲坛，全体起立的欢呼阻止了他。伦敦皇家学会大厅的墙壁从来没有听到过如此的喧闹和呼喊：几千只手在鼓掌，所有的嘴都在喊着同一个名字——慕肖森！

未必可能之事的理论

男爵对出名早就习以为常了。因为名声是由词语构成的，他知道在礼貌地对着镜头的玻璃眼摆姿势时如何半似聆听，似笑非笑，如何在问答时半藏半露。他会时而伸出三根手指、四根手指或两根手指与人握手，以免手被人握肿了。在疯豆小楼，他的仆人知道每两个钟头要清空废纸篓，因为信件、电报以及无线电报会如伦敦的雨般持续不断地落下。

慕肖森即使应对名声娴熟老道，但这一次始终无法摆脱一种疲倦和餍足的感觉。每天都有各类研究院和大学的证书如潮水般涌来，想让他成为某某通讯院士或哲学博士；美国记者协会选他做他们的主席；在男爵颀长的身体上，已经没有地方再放勋章了，只能把勋章别在不太合适的身体部位上。从西班牙国王那里，他得到了一条金子做成的舌头，上面镶满了宝石；从俄国皇位继承人那里他得到了一枚青铜纪念章，上面刻着：**奖给救亡者**。

一个为希罗尼穆斯·冯·慕肖森男爵的雕像募集捐款的委员会成立了；金钱从各处滚滚涌来——很快，伦敦的一个广场上就举行了奠基仪式。

男爵几乎没有时间同他的老烟斗亲近，打字机的键盘徒劳地等着，想敲出饭后箴言，慕肖森正全力以赴忙于一项更为严肃而重要的工作。他的演讲被全世界的报纸刊载，很快将变成一本书，他夜以继日地写这本书，常废寝忘食。不过，确实偶尔有记者从某个钥匙孔溜入房子，设法让慕肖森停笔。他一向待人有风度，但对这个谄媚的闯入者一脸怒气：

“十秒钟。我的计时器启动了。开始：一、二……”

惊慌失措的记者赶紧扔出第一个想到的问题，诸如：“一份权威的报纸应包含哪些栏目？”

第六秒时，答案给出：“两个——官方的与屁话的。八、九、十。很荣幸。”

那位记者站在人行道上，反复读着自己潦草的笔记，不知道该拿它怎么办。

确实，甚至连疯豆小楼的常客也能注意到，男爵已不再像以前那样和气了。同时，他的行为流露出以前没有的古怪之处。

反常初现于那个值得纪念的日子。当时，男爵的三角帽、磨破的马甲、宝剑和辫子放在金色的锦缎垫上，在雷鸣般的管弦乐队和牧师们的颂歌中喜气洋洋地穿过伦敦的街道。这场游行开始于市政厅，原计划途经慕肖森的住处，然后转至威斯敏斯特大教堂。在那里的拱门下，在古老的英格兰最神圣的遗迹旁，男爵的剑、马甲和三角帽将不朽地安息。

朋友们合谋瞒着慕肖森，不让他知晓这场庆典的所有准备。同样也是这些朋友们(包括诺森伯兰郡主教)，一直愉快地期待着这一惊喜将对和蔼而热忱的男爵产生何种影响。但是一场冷酷的失望即将降临。听到闹哄哄的游行和神职人员的吟唱，慕肖森穿着拖鞋慢慢地走到窗前向外看，想弄明白是怎么一回事。他看到底下晃动的人群中，锦绣垫子在缓慢地浮动，而那些垫子上——活见鬼！——是他自己的马甲、辫子、剑和三角帽。人群欢呼着迎向男爵，他却后撤一步，转身看见诺森伯兰郡主教正踮脚走进房间。

“他们要去哪儿?”男爵嘶哑地发问。

主教搓了搓手，微笑着回答:“去威斯敏斯特的神龛。确实，并不是每一位国王都……”

这时，一件对庆典礼仪来说出乎意料、不合时宜、完全出格的事情发生了。男爵突然脸色发紫，他脱下右脚的拖鞋掷向欢欣鼓舞的人群——那只拖鞋在空中划了个抛物线，翻滚着落入旌旗和闪闪发光的锦缎之间，就像一枚飞弹，落在由快速后撤的脚不断扩出的一个漏斗中央。

“你们，”男爵向着窗外此刻鸦雀无声的人群怒吼，“也许还应该喜欢我的夜壶!”

几千张惊呆的脸抬起，看向敞开的窗子，只见它砰的一声关上了。窘迫的主教溜出门去。庆典的主持人向后转身，拼命想恢复秩序，但是因为游行队伍末尾的人流从一个街角不停地向队首涌入，队伍继续向前冲。与此同时，唱诗班变调走音了，胡乱摇摆的旌旗一会儿倒向这边，一会儿倒向那边，欢庆的气氛变得惨淡而不快。

那天的晚报谨慎地报道了这一事件，回避或压制了不可预见的“拖鞋导弹”这一令人遗憾的事实。但是男爵的这种怪异行为，只是一系列让伦敦人的灵魂遍尝各类情感音域的事件中的第一个：基调欢快，中音迷乱，八度音节愤怒。

游行散去，贝斯沃特路空了，这个把欢乐从一千个脑袋中驱散的人正从一个角落踱到另一个角落，怒气冲冲地兀自言语，然后坐到他的书桌前，开始划去手稿中整段整页的文字。只稍微平静了些，他就开始第二次怪异的发作：在遗物被安置到威斯敏斯特大教堂两个小时后，大教堂的首席托管人收到一封带有慕肖森盾徽的亲笔信，措辞简洁尖锐，要求立即将被征用的马甲归还它的合法主人。“我真诚地希望，”这封信结尾写到，“大不列颠王国及英属西印度群岛不会希冀通过剥夺一个穷人的日常衣物来致富。”

托管人茫然无措，就向教区牧师寻求建议，牧师告诉司库神父，司库又……简而言之，伦敦还未点亮街灯前，这些可憎的话语就越过大教堂的雉堞外墙，沿着电话线滑下，在设备里窸窣作响，准备潜入跨大西洋海底电缆的线圈里。气氛变得紧张。午夜前不久，高层的命令下来了："依照外国公民慕肖森的书面请求，撤销对编号为（紧跟着一个数字）的文物的一切权利，将之归还给上述外国人。"

第二天早上，没有一个记者敢靠近贝斯沃特路的小别墅，除了吉姆·吉邱尔——一家三流小报的记者，而所有的大门都对那家报纸永远关闭着。吉邱尔没钱乘坐公共汽车，所以总是比别人更早从牛津街出发去莫斯科路，而且是徒步。今天，和往常一样，他大步走在贝斯沃特路长长的弧形上，瞟着肯辛顿公园的大门。清晨寒凉，他的头缩入肩膀，脑海里正在解一道数学题：如果从每天节省的车费中减去折算的鞋子的磨损费，那么需要多少天乘以差额才能攒够购买一双新靴子所需的十二先令五十便士？这多少有点儿像牛顿著名的牧场与牛的问题——牛不停地吃草，而同时草也在不停地生长——吉邱尔全神贯注地解这道难题，起初并没有注意到有人偷偷地拉了拉他的右边衣袖，让他停下脚步和计算。实际上，并没有什么人——吉姆·吉邱尔侧目，一个人也没有，然而某个顽强的手指不肯松开他袖口上的纽扣。吉邱尔甩开他的手，一根绿色螺旋尾随其后，它的卷须像一个弹簧夹缠紧他的手。这位记者抬起眼，看到一堵完全被卷曲的绿植覆盖的墙，意识到自己站在疯豆小楼前了。就在那一刻，前门敞开，一位老仆向外看了看，和气地问：“您是记者吗？”

“是、是的……你们的豆茎——”

“男爵想要见您。”仆人鞠躬，将门开得大些。

吉姆·吉邱尔被这一邀请惊得目瞪口呆，都没有注意到疯豆已松开了它的卷须。他腿脚不稳地上楼，来到一个大厅，男仆已打开通往书房的门，男爵起身迎接这位困惑的记者。一把殷勤的扶手椅从后面滑过来，碰到吉邱尔的膝令他坐下。同时，一个直接的提问让他的指头在口袋间摸索，寻找铅笔和纸。

“忘记带便签簿了？”男爵微笑道，“不用麻烦找了，这个小笔记本正好。不用谢。铅笔？它已经完成工作了：它提过问，也回答完了。您想知道——请原谅，您的名字……很高兴认识您——那么您想知道，吉邱尔先生，为什么慕肖森需要他的马甲。不是吗？好吧，您手中拿的签名文件证明需要这件马甲的人**并不是我**。毫无疑问，您很忙。我也是。”

吉邱尔欣喜若狂，晕头晕脑地冲到了街上，都没注意到那些如蛛丝、如蛇般盘绕着小楼的长长的绿色卷须在晨风中淘气地摇曳着。

那天上午十点，吉邱尔供职的那份唯利是图的小报的特别版卖五便士；到了中午，人们会付一先令；到下午两点时，半磅也买不到了。它的新闻里有关那些纪念物的消息——足以把百万眼球吸入一场轰动的“采访”，毫不夸张地说，能将马甲的事翻个底朝天。原来慕肖森的笔并非想要伤害“英伦之狮”，完全不是，而是为了给那颗多刺的五角星一次有关“大度”的教训。作为一具有条件的尸体，他表示他想通过捐赠那件两百岁的马甲，表达自己对苏联科学家救济委员会①强烈的感激之情。“我想，美国救济署②，”男爵在采访的最后说，“将不会反对把我那用于展示的织物捐赠给俄罗斯最贫穷的年轻科学家。”

这一姿态是如此的慷慨大度，具有基督精神（在完全没有讽刺的意义上说），以至于有些报纸拒绝相信。但是，吉邱尔的小报上有文件证明，照片展示了男爵的斜体手迹，这就打消了那些报纸最后的顾虑。慕肖森的名声（他那急于被挥霍的资本）突然剧增，积攒了无数圆圆的泪珠，这些泪珠粘在睫毛上，就像 % 的斜杠上挂着的小零。《每日邮报》狂

① 该委员会由高尔基创立于一九二一年，旨在为苏联科学家和作家提供基本生活保障。

② 美国救济署负责在第一次世界大战后对欧洲及革命后的俄国（1921—1923）大饥荒施行救济任务。

热地赞扬了这颗永远年轻的心，它把每分钟七十二次的心跳全贡献给人类的福祉；《泰晤士报》说这位极其善良的慕肖森男爵令人想起狄更斯笔下的怪人形象，他在做善事时也会带着一点点怪癖。圣雅各伯堂的皇家礼拜堂的一名牧师做了一次布道，名为“寡妇的小钱”；而通往白金汉宫的蓓尔美尔街为慕肖森铺开了沥青地毯，简而言之，男爵将被允许觐见国王。但这时，我们遇到了第三次怪异之事，那是……不过，让我们从头说起。

慕肖森男爵和威尔基·道利先生将扶手椅拉到一起，正在贝斯沃特路小别墅的书房里交谈。射入窗户的阳光在这座雾蒙蒙的城市里罕见的明亮，甚至连老教授耳朵里号角状的助听器也闪烁得令人眼晕。

“一小时后，你将会出现在——”道利想要将椅子向后推一推。

男爵的手指却阻止了他。

“一小时就是摆钟滴答三千六百下。道利先生，您作为数学领域无可争议的权威，难道不想听我分享一个疑问，一个在两个数字之间摇摆的想法吗？”

号角状助听器向男爵移近，准备聆听。

“当然喽，我在数学领域属于一知半解者。但我一直对所谓的概率论极为感兴趣，还有它的发展和实际的结论，您的许多渊博而详尽的论文都致力于此，我尊敬的道利先生。我的第一个问题是：概率论难道没有把我们引向一种误差理论吗？”

助听器点了点头：是的。

“那么我的问题是：如果把误差理论应用在概率论上，会不会将后者判为一个错误？我的意思是，符号之蛇吞咬它自己的尾巴时，甚至会被噎住——不是吗？这种情况下，原因被结果吞噬，概率论（作为可能之事的理论）被证明不可靠，哪怕误差理论本身并没有被证明是错误的。”

道利先生额上的皱纹一阵波动，好比有谁往水面扔了块石头。

“请允许我，贝努利定理——”

“正是我意。贝努利的想法可以这样阐释：实验的次数越多，计算出的概率就越准确。$m/n-p$ 的差值就变得不确定地小。也即，当事件的数目越来越大于1之后，数字钟摆的摇摆不定性就会减弱，假设之事就会被证为实，概率论就成为一种严格的数学形态以及实际的存在。换句话说，数字与事实同位相符。他的大数定理，我阐释得对吗？”

道利先生咬着他的嘴唇：“如果我们能排除你那有些奇怪的术语，那么我并不会反对。”

“太棒了！那么，事件的数目或实验只要超过1，贝努利就会出现，他的大数定理和概率论就会启动。但是让事件的数目稍稍弓背，成为**小于1**，你就会明白慕肖森的**反定理**，一条关于从未发生之事、永不实现之期待、反方向旋转之轮的规律，即一个全速运行的**未必可能之事的理论**。您的助听器掉下来了，先生，给您。”

这位年迈的数学家已经在椅子扶手上敲他那只又长又黑的助听器，开口反驳那些胡言乱语。

“但是您有没有考虑到这一事实，亲爱的慕肖森先生，概率论适用于整数，为每一事件赋值为1？就像所有为数学符号而战的业余爱好者一样，您使得它们过于抽象了，您希望比数学家更懂数学。实体化的**现实**由行动组成（我的、您的，不管是谁的吧），没有任何事件的赋值会小于1。我们是真实的人，在一个真实的世界——我们要么行动，要么不行动；事件要么发生，要么不发生。我重复一下：概率论只适用于整数范畴，即1和能被1整除的数。”

“在这种情况下，”慕肖森对着此时回到客人耳朵里的设备大声说，“在这种情况下，事件和数字就分道扬镳了：它们必须告别，然后各走各路。您说：‘事件要么发生，要么不发生。’而我认为事件总是**发生一半**。您和我提起**整数**，但对于一个**不完整的存在**，一个所谓的人，那些整数能做什么呢？人都是冒充成1的小数，以言语提升自己。但是一个小数就算踮起脚尖也不是一个整数，不是1；一个小数的所有行动仍是微不足道的小数，一个非完整世界里的一切事件仍不完整。只有非完整存在的预期目标可称为‘完整’，但请注意，这些目标从未达成过，因为你的概率论（它喃喃低语着预期事件与已发生事件的巧合）不适用于我们这个充满未必可能之事的世界；在这个世界里，期待的永不会发生，在这里誓言是一回事，而事实是另一回事，在这里生活永远被允诺从明天开始。数学家们用p来表示成功，q表示失败，比愚蠢的布谷鸟更不了解自己的符号，布谷鸟总咕咕地为每个人做出相同的预测：q——q。”

到这时，这位上了年纪的数学家——他的助听器停在男爵的话语上——鼻子里艰难地呼哧着，愤怒地磕着假牙。

“请允许我说，先生，您把我们的数字连同这世界一起扔掉了。不多，不少。你的……呃……形而上学，如果传播开去，会变成一场知识的灾难。你删除了所有数字，只剩下零。但我想说，请对存在更为忠实一些。一个绅士必须承认现实是真实的，否则他……哦，我不知道该怎么说……这些墙，看见了吧，这些街道，伦敦，大地，世界，并不是我的手指能轻弹掉的雪茄烟灰。这要严肃得多，我很惊讶，先生——”

“我倒很惊讶，您竟然指责我无视您的房子和四壁，毕竟，我与生俱来的礼貌让我不要穿过它们，而是从旁边经过。您的街道对我来说就如旷野之路，您的宫殿和教堂就像草地一样，我会轻易地大步跨过它们，如果我不尊重使世界伦敦化的那些规则：**不要挑剔传统——克制看法——别碰神圣物**。请告诉我，亲爱的道利先生，没有腿的人干吗要为我的七里靴讨价还价？在采取任何行动之前，考虑这些步骤要简单得多，成本也低很多。”

一阵沉默楔入这场谈话，接着老教授说：“您说的这一切有它的乐趣所在。仅此而已。墙就立在该在的地方，事实也如此。连我的雪茄烟灰也不会消失，它就在这里，在烟灰缸里。亲爱的慕肖森先生，您故意笼统地谈论东西，避开您的未必可能之事理论无法适用的那些狭小局促的事实：对一只鱼龙的脚来说，灰姑娘的水晶鞋未免太紧了。哈哈，您不得不同意。您的未必可能之事理论，请原谅我，依赖于隐喻，而我们的概率论是从最具体的材料那里得出的。给我一个活生生的例子，我将很高兴——”

“没问题，道利先生。您在一部专著中写道：‘从一个只有黑白弹珠的盒子里取出一颗，那么就能以一定的概率预计那颗弹珠可能会是，比如，白色的，并确定它不可能是红色的。’但是，道利先生，我们难道没有在生活中遇到这种非同寻常的事，即从一个装有黑白弹珠的盒子里，历史之手——让所有人都陷入窘迫——摸出一个……红色的？”

“还是隐喻！”教授十分恼火，“我们说得太久了，您觐见的时间快到了。恐怕您没有时间给我讲一个具体例子了，一个不可能的例子，您也只能局限于纯理论。”

“您永远不会知道。”当他的客人伸直僵硬的膝盖，慕肖森半直起身说道。透过厚厚的墙壁，从楼下传来一辆汽车兜转着开到楼前的轰响，还有爬上楼梯的脚步声。男仆走进来，提醒该走了。

“您永远不会知道，”慕肖森重复说，快活的眼睛斜睨着道利先生，“告诉我，对于一个将在二十分钟后觐见国王的人，您认为他最不可能的行为是什么？”

“如果他——”威尔基·道利正要回答，那个男仆出现在门口。

“好的。告诉强尼我马上下去。现在，道利先生，我洗耳恭听。您正要说，‘如果他……’”

“对的，如果他（您当然指的是您自己了，先生），如果他恰好在那个钟点，或者不如说，在觐见的那一刻，放了国王鸽子——”

“道利先生，”——慕肖森向耳朵里的喇叭钟形斜倚——“您能不能以绅士的身份向我保证，不告诉任何人我即将从背心口袋里掏出来的这个小东西？”

“尽管放心吧，我不会告诉任何人。”

男爵的月光石潜入他的背心口袋，后又闪出。在他的拇指和食指间，凑近道利受惊吓的眼睛的，是一张黄色的纸质火车票。

“请检查一下这上面写的：这趟列车四点十九分发车，觐见是四点二十分。不管怎样，您比我更了解伦敦，请告诉我：在不背离白金汉宫的情况下按时走到查令十字车站的站台上是可能的吗？”

“那也太不——”

“太不可能了，您是这个意思吧？尊敬的道利先生，为了执行另一个计划，我得再需要一个不可能，我正结结实实地指望它呢。把您的小喇叭凑近点儿——对啦。那不可能之事是这样的：一个人信守自己的诺言。对吧，先生？”

这就是第三次怪异行为：慕肖森设法避开了“英伦之狮”强爪的一击。从伦敦到多佛的旅行不过两个小时，而对于一个从五角星的光芒中溜走的人来说，避开五根爪钳能有多难呢？

博登韦德的隐士

四点二十二分时，国王皱起眉。四点二十三分，王宫司仪官冲向电话，接通了贝斯沃特路：疯豆小楼的人说男爵已经上路了。司仪官下令将钟表往后调五分钟，从私人房间到王座室的所有门都打开了。四点二十五分，王宫的墙壁开始随着“令人震惊”的窃窃私语而颤抖。四点三十分，国王愤怒地耸了耸肩，转身就走，这时司仪官会意君主的目光，向大臣们宣告觐见取消了。

但是太晚了：国王被迫等待了！如果守时是国王的礼貌，那么对国王严格守时就是神圣的职责。十个世纪以来的历史在十分钟内倒塌了——国王得等候。即使是砍掉英国国王头颅的刽子手也不敢迟到一秒；他们的斧头会与伦敦塔上的老钟合拍。而突然……一个外国来的吹牛大王，一个与莫斯科的布尔什维克勾肩搭背的德国间谍……十个沉重的世纪前后颠簸，举起墓碑准备迎击，而这快乐的十分钟却两条腿当啷在一根时针上，唱道：“迟到啦——等一等。”

有关男爵的谣言四起，说他在从别墅去往王宫的途中被一伙共产党人绑架了，几个小时后该谣言被粉碎。他的司机强尼作证说，他亲自开车送男爵去车站乘坐四点十九分的火车。男爵的房子被搜查，没有找到可疑之物，除了一只不成对的左脚的拖鞋。令人尊敬的威尔基·道利也被讯问，根据女仆的证词，他在男爵冒犯陛下之前不到半小时和他同处密室。道利的举止像个同谋。他被一次次地审问，到底是知情，还是不知情，他一概回答："我已允诺，不能多说。"未必发生之事的理论似乎在庆祝胜利了，它将这位无辜的数学家投进牢狱，不久，他就死在狱中，要么是老死的，要么是含恨而终。

男爵的那尊雕像很自然地立即停止建造，于是在伦敦一个大广场中心，在一片旋转的车轮和汽车喇叭声中间，留下一个空荡的底座，令好些人对男爵在莫斯科最后一天所发生的事记忆犹新。

轻快而迅速地，英国媒体对那个向君主露出肩胛骨的后背做出反应；整个文学界的泔水桶都被这桩最新的丑闻弄得哗啦作响，第二天又被另一桩丑闻弄得哗啦作响。吉姆·吉邱尔得到了一双新长筒靴，仅此而已，他的职业生涯彻底结束了。牛顿的畜群不但吃光他的希望之花，连代数之草也吃光了。

与此同时，慕肖森男爵已抵达欧洲大陆，正在密密麻麻的细丝般的铁轨上转圈，像一只蛛网被扯碎的蜘蛛。当晚值勤的警察看到，在弗里德里希大道和林登大道的交叉口，男爵的汽车朝亚历山大广场的方向飞驰而过。到了第二天中午，当男爵出人意料地归来的消息传遍整个城市时，亚历山大广场那栋房子的看门人正回应着所有的拜访："来了，又走了。"

那天早上，政府部门的一个当班职员收到一个小包裹，上面是熟悉的慕肖森笔迹。职员把这个包裹交给主管。尽管这个职员不是一个轻率的人，但他还是忍不住告诉两三个人那信封上奇怪的寄件人地址："某地，某处，七大洋之外。"

一天后，男爵的一个柏林旧识从汉诺威回首都时，从停在换乘站的一列西行火车的窗口里看到一张脸，他认为是慕肖森。这个柏林人抬起圆顶礼帽，但对面的车窗飘浮而过，未能确认，礼帽以困惑的"之"字形回到主人的太阳穴。

几个月过去了。田野几乎被收割一空。夏日的尘埃被一场场的雨冲到大地上。不久前还像弯曲的回旋镖一样从南到北穿越天空的一群群鹤，现在已经回退——合拢圆圈——向南飞去。神秘消失的男爵的名字最初还引起一场轰动，后来就没那么轰动了，再后来就完全消失了。名声如山谷间的响声：一段连续的回荡，越来越长的停顿，最后远处一阵沉闷的混响，然后石头的寂静又将它巨大的耳朵贴向某些新的响动。慕肖森的崇拜者和仰慕者这时又开始崇拜仰慕别的什么人。至于他的朋友们……然而那位伟大的古马其顿斯塔吉拉人[①]不是说过："我的朋友们，这个世界上就没有友情！"我们应该注意到，他只能向他的朋友们抱怨这件事。之所以在这里提这个心理学上的二律背反，是为了让读者在得知一个秋天的早晨，诗人恩斯特·翁町收到一封署名"慕肖森"的信时不会感到惊讶。

当他重读那狭窄的密封信封里的寥寥几行字时，翁町的手指微微颤抖。男爵乞求诗人不要拒绝"同最终之人的最后一次会面"，然后是一个地址，男爵建议诗人阅后即焚。

翁町有理由怀疑那狭窄信封里的字：他仍记得空荡的站台和那些经过的列车。然而接下来，他数了数在"真美"化妆品公司工作所挣的马克，当晚就离开柏林，坐上开往汉诺威的火车。

翁町在火车硬铺位上辗转了一整夜，按照那封信的指示在汉诺威之前的两三个站下了车。小村庄仍在睡梦中，只有它的公鸡们在急切地竞赛，大声唤着黎明。到达最后一幢房子——他又一次查验信件——他停下来叩门，问迈克尔·海因茨是否住这里。一个男人探头出来，听他报出大名后，那

① 指亚里士多德。

人再不多问，说：“好的，我就来。”

接着，从篱笆围起来的院子里传来马蹄和车轮声。一分钟后，大门嘎吱一声打开——一辆乡村交通工具缓缓地驶上公路，把它的铁踏板提供给了来访者。

黎明的第一缕曙光初现于地平线上。迈克尔策马慢跑；车轮溅起水洼的水花，与黎明成直角前行。翁町在边侧口袋里摸索到——紧靠那个信封扎人的尖角边——一个对折的笔记本。他不自然地、骄傲地笑了笑，正如一个诗人被要求朗诵他的诗篇时那样。道路延伸过光秃的田野，然后蜿蜒上一座小山。初升的太阳让翁町目眩，他向左边看去，看到一排四臂风车在殷勤地挥手，但迈克尔拉了拉右边的缰绳，马车的后轮转向了风车，颠簸着驶下一条通向闪着蓝灰色微光的池塘的小路。一座桥在车轮辐条下咔嗒作响，一群摇摇晃晃的鸭子开始嘎嘎叫，在马蹄声前四散开去，迈克尔挥动他的长鞭指向两三座被树木和石墙环抱的黄瓦屋顶，说：“博登韦德。”

大门敞开迎接翁町。沿着庭园的主干道，一个驼背的老管家拄着拐杖，拖着一条腿，蹒跚着向他走来。他低低地鞠了一躬，邀请翁町随他来：

“男爵不大舒服。他正在书房等您。”

勉强抑制住自己的急躁，诗人克制他的肌肉，调整步伐配合老人拖沓的跛行。他们在奇妙交错的枝叶间前行。树木排列密集，给清晨的道路铺上长长的黑影。终于，管家和客人来到了引向房屋的石头台阶。在管家摸索钥匙时，翁町扫视着这座古老的、已开裂塌陷的房屋的正面。门的两边写着警句，漆成灰黄色的哥特字体已被雨水冲蚀了一半。右边是：**别信红的，别信白的；别说是，别说非**。左边是：**造我之人已逝；居我之内者，被往生者等待**。

脚下嘎吱作响的地板引他们经过一堵墙，墙面上水平伸出树枝般的鹿角，形成了一个古怪的鹿角森林。在复杂的阿拉伯式花纹地毯上，客人和管家沉重地走过一系列黑暗的肖像，唯有窄窗透出一点儿暗光。终于，一个螺旋形楼梯使诗人的脚步迅速地旋转起来，顶上是发霉的书的气味。翁町发现自己置身于一个狭长幽暗的房间，在远端有一扇尖顶窗。四壁摆满了书橱和书架，你会觉得，只要把那些堆放到天花板的书籍拿走，天花板就会失去支撑而坍塌，在塌落中压平这一切——工作台、扶手椅、扶手椅里的人。

但那时扶手椅是空的，慕肖森正坐在脚踝上，在地板上整理一些白色小方块。他全神贯注地工作，旧睡衣的下摆擦着地毯，没有听到翁町的脚步声。诗人走近些：

“亲爱的男爵，您在做什么？”

慕肖森快速起身，拂去膝盖上的小方块，他们的手掌相遇，紧握了许久。

“哦，哦，你终于来了！你想知道我在做什么？我在同字母表告别。是时候了。”

这时翁町才注意到，那些散落在地毯上的图块是一些普通的字母卡片，每一片上印着一个黑色的希腊字母。有一张还留在男爵的手中。

“你没有发现吗，我善良的翁町，那个欧米伽（Ω），它奇特的形状让你联想到鸭掌上的一个水泡？看这儿。”慕肖森将小方块递给客人，“可悲啊，这是整个字母表里留下来陪我的最后一个，因为我侮辱了字母们，于是它们纷纷离弃我，好比老鼠离弃一栋空房子。是真的。任何一个学童将这些字母放到一起，就能学会连接一个个世界。但对我来说，这些符号全都失去意义了。我只能咬牙切齿，等鸭掌上那个黏糊糊的水泡无声无息地从后面偷偷升起……”

慕肖森将Ω扔到桌上，陷入沉默。翁町对这一番话毫无准备，担心地望着房屋主人：他未修剃的脸颊深陷；喉结像尖锐的三角划破脖子的线条；从他抽搐的眉间一直到眼洞深处，几个世纪在凝视；一只稻草色的手蜷缩在尖突的膝盖上，像一片干枯的叶子；甚至连那颗月光石也失去了温润的光泽。

片刻的沉默。墙边某处，一根弹簧呼哧着。客人和主人转向那声响——一只青铜布谷鸟从钟面后冒出来报时九次。三角形喉结微动。

“那只蠢鸟怜悯我，”男爵说，“好笑，不是吗？它建议为我的欧米伽加上它的‘咕’（q），这个字母是数学家用来表示失败的（当实际结果与预期不一致时）。但我不需要这只鸟的礼物，我老早就离开了‘失败乃成功之母’的那个小小世界，在那里，人们以苦为乐，从死亡中复活。布谷鸟啊，你留着你的q吧，因为那是你唯一拥有的尘俗财物，如果不算上春天这个灵魂伴侣。不，翁町，我的朋友啊，钟面的轮盘转着它的两根辐条，迟早会撞到一块石头——然后破裂！”

“正是！”诗人半起身，“我们的意象在此交会，如果您允许……”

翁町的手滑入他的外套口袋。但是慕肖森的眼神茫然地穿过了他，同时他嘴巴周围易怒的皱纹在抽搐。笔记本的纸页在诗人的手指间窸窣作响，再也没有离开它们的藏身处。这时翁町才明白，对于一个已告别字母表的人来说，所有这些组成诗节和意义的字母都没用，也太晚了。他的手掌放到椅子扶手上。他明白，他唯一需要的技能就是倾听。

一阵风拂皱发黄的叶子，不时用一根树枝轻敲窗户。此刻寂静的布谷鸟下面传来钟摆有节奏的滴答声。男爵抬起头：

“或许你旅途劳顿了？”

“不算什么。”

“好吧，我累了。虽然我除了沿着一个三角形跋涉之外，没有其他的旅行：柏林——伦敦——柏林——博登韦德——伦敦——柏林——博登韦德。就这些线路。我的路程中没有莫斯科，或许这会让你感到吃惊？”

“不，并没有。”

“太好了，我就知道你会立刻明白我的意思。因为尽管我们在诗学上的观点不同，但我们都知道：一个人不能面对他的‘我’而同时不背离他的‘非我’。所以，如果我打算在莫斯科寻找莫斯科的话，我就不再是慕肖森了。对人们而言，意义由某些可进入、可退出的现实构成，他们只需将钥匙留给门房。然而我唯一懂得的就是创造：在进入一座房子前，我必须先建造它。因此，我在接受去苏联（USSR）的任务时，就已经获得了除苏联之外世界上所有国家的道义签证。于是我动身前往那古老的、安静的博登韦德，就是这个地方——为了安静和书架，在这里，我可以平静地构思和建造我的慕肖森虚构共和国（MSSR）。躲开所有的眼睛，我把自己包裹入一个封闭的茧。这样，当我的时辰到来，我就会冲破它，将斑斓的尘埃掷入大地灰尘上方的空气。但是为了完善这一比喻，蝙蝠的翅膀比蝴蝶的翅膀对这个意象来说更为贴切。你当然知道这个实验：一间黑屋子里，用细绳串起许多小铃铛，你放进去一只蝙蝠。无论蝙蝠如何俯冲，以翅膀划破黑暗，没有一只铃铛会响——那对翅膀总是巧妙地避开细绳，明智的本能引导它们在迷宫中盘桓，保护那蝙蝠不受非空气之物的干扰。

“我这般释放我的想象，让它进入那（对我来说）黑暗而空旷的、由四个字母构成的王国：USSR。在符号之间俯冲，它的翅膀似乎没有捕获一丁点儿现实。我的幻影掠过事实，直到那里开始出现一个想象的国度，一个从我慕肖森式的眼睛里挖出来的世界。在我看来，它并不比这个从外部以光线挤入我们眼睛的世界更加糟糕，或更加暗淡无趣。我充满激情地工作，幸福地期待着我那摇摇晃晃的发明之塔的效果：它一个接一个地堆叠起来，在我的听众和读者的头上轰然倒塌。噢，当我把伦敦人的心灵编织成幻象的五彩螺旋时，他们会怎样张大嘴，下颌会怎样掉下来，他们会如何呆傻地瞪视着我的绿色螺旋豆茎！

“只在一种情况下，我的意象会被扰乱，创作会被削弱。现在，好比以前，为了将我的幻影刻写进人们的大脑，我必须发现那精确的倾斜——从崇高的发明到庸俗的谎言——对于那些戴马眼罩的眼睛、相当于十六根蜡烛亮度的浑浑噩噩的思考力、短半径的想象力来说，这是唯一切入他们的抛投角度。一直以来，我不得不浊化我的色彩，挫其锐、弱其光，以流行新闻的日常胡诌来填充我的画布，只保留我的鸭子。不管怎样，当我创作完我的俄罗斯，那个小小的旋梯将我带回人间。你知道我那些演讲的后果。

“又一次，我被无数凝视的眼睛包围，被竖起来想要抓住我每个词的耳朵，被那些伸出来想要握手、抓传单和签名的手掌包围。两百年来，一个艺术家不断地被迫降低他的艺术才能，他长期酝酿的怨恨这次在我心中以特别的暴力爆发了。我想，这些热切期望的生物什么时候才能理解——我的存在不过是出于礼貌！他们什么时候才会明白，他们能明白吗？我给世界带来纯粹的创造，是为了惊诧和微笑，不是为了鲜血和肮脏的东西。所以它在大地上永远与你同在，我亲爱的翁町：那些次要的装神弄鬼的家伙，那些麦克弗森们、梅里美们、查特顿们，他们往酒里掺水，往事实里掺入幻象，被人们称为天才。而我，一个纯粹的、不掺水的幻影大师，却被污蔑为一个轻浮的说谎者、吹牛大王。就是如此。此刻，你不必反驳我。我知道只有幼儿园里的孩子们才会相信那个老傻瓜慕肖森。也只有孩子们才能理解基督。你为什么不说话？还是你不屑同一个被自己的一团糨糊弄糊涂的糊涂人争论？现在你明白了，这是大地的苦果：说得太多——

招来沉默。”

翁町用自己的眼睛捕捉到男爵的眼睛，轻抚着老人枯萎的指关节，那颗勾在食指上的月光石突然暗淡而微弱地闪烁了一下。慕肖森平复了急促的呼吸，接着说：

“请原谅一位老人吧。他愤怒了。但现在，你可能更容易理解我那时所感受到的怨愤和可怕的精神压力。最轻微的震动就足够……那震动确实不久就到来了。你记得我们在柏林的谈话，我指着衣橱里的那个架子——”

“预言，”翁町插嘴道，“您的马甲、辫子和剑迟早会被放在织锦垫上送到威斯敏斯特大教堂。”

“的确如此。所以你能想象，当我在一个晕乎乎的早晨打开窗，看到那些弃物被从夹子上摘下来、放到织锦垫上，在一大群人头上向着威斯敏斯特浮游而去时，我该有多惊讶。两百年来，我第一次说出了真相。我的双颊因羞耻而发红，我的耳朵在鸣响，就像那只蝙蝠的翅膀撞上了一根拴着铃铛的细绳。哈！我的幻影撞到事实身上。这一震让我吓一跳，过了一段时间我才镇定下来。街头喧嚷的那些蠢人当然就不理解了。他们的神职人员没有将我的拖鞋封圣并把它埋入圣骨匣，真是个奇迹。

“那天余下的时间里，我都在看我那本关于苏联的书稿。那时我吃惊地意识到，在很多地方我都对不真实犯下罪，我划掉了很多行字。然而一旦怀疑自己染上了真相，我就无法平静，每个词语后面似乎都潜藏着某种真相。到了晚上，我把被屠宰的手稿放至一边，陷入不安的反思：这意味着我患上了真实病吗？这意味着那可怕且可耻的真相之病（morbus veritatis），那导致殉难或疯狂的东西也悄悄进入我的大脑了吗？就算这次发作是短暂且不致命的，但所有那些帕斯卡们、布鲁诺们、牛顿们不都是从无足轻重的东西开始，最后受苦于急性转慢性的‘我不做假设’这种病？

“经过两三天的犹豫之后，我决心抛开这些乱想和怀疑：我会将我的肖像画与本体进行比较，将从我的笔尖上提取的国家与真实边界内的真品进行比较。我离开伦敦，回到这里——我的隐居地。途中，我在柏林停留了几个小时，卸去我的外交职务，确保我能得到安宁。我放弃了所有特权，并附信告知我的协议人，如果他们透露我的行踪，哪怕只是试图，我都会暴露他们的秘密。现在，我没有什么可担忧了——他们不会让我被找到的。确实如此，猎奇者的数量每天都在减少，我的名声，就像慕肖森的鸭子，收起了翅膀，再也不会展开。

“后来，我不得不亲手诊治自己病恹恹的手稿。在几个中间人的帮助下，我和莫斯科联系上了。我设法获得他们的书籍和报纸。借助这些，我对比研究了苏联国内情况与国外流亡者的情况，后者的新闻报道和文学创作已随处可见。为了系统地校正我的手稿，我决定处理故事与现实相互平行的那些段落，就像音乐家处理乐谱中的平行五度。

“素材一点点地从莫斯科送来，积少成多；从遥远的**彼处**发来了几百封信。”慕肖森指向书房一个影子般的角落，那里立着一个带抽屉的古典写字桌，它背靠着书脊，细长的桌腿弯曲，仿佛承担着重负，“是啊，几百封信，每一封刚被撕开就开始述说**如此**离奇之事……你可能觉得我在夸张？哎，我的病甚至都剥夺了那点儿夸张的快乐。你自己来看，来吧。”

翁町跟随慕肖森走向那张书桌，打开了它倾斜的盖子。一大堆白色的、打开的信封，戴着头盔或身穿工装的小人从邮票盖戳的小窗向外张望。慕肖森的手指在那堆信封里翻来翻去，随便抽出一封信来。接着抽出第二封、第三封，一封接一封。墨迹线条在翁町眼前闪动。慕肖森的长指甲从一张纸弹到另一张，吸引着诗人的注意力。

“喏，这个，做个例子：‘慕肖森同志，为了回答您关于伏尔加河地区的饥荒问题[①]，我立刻向您保证：您讲座中所包含的信息，与其说不正确，不如说不完整。容我冒昧而

---

① 一九二一至一九二二年俄国饥荒，造成约五百万人丧生，灾区为伏尔加河和乌拉尔河地区。

言，实际情况大大超出——’你认为这个怎么样？或者这一封：‘亲爱的同事，我没有想到那个已被消灭的《不灭的月亮的故事》[①]其实回应了您从边境到莫斯科的路上发生的一个事实。我现在明白，被及时吹灭的那个传说的作者在故事的来源方面误导了读者，这个真实的故事从头到尾都是属于您的，只属于您……请允许我，作为一个作家对另一个——’难以想象的愚蠢！我断不可能捏造出那样的故事。或者看这个：‘……关于那个空的底座，它确实存在。[②]至于慕肖森，请允许我报告，从来没有立在上面，倒是一个纸糊的沙皇亚历山大[③]在上面坐了三四天，他们用绳子把他拉下来，那里曾经空无一物，现在也是空无一物，谁也不知道还会有别的什么。我亲眼看到一段“……解放者”的题词，它在建造过程中又被粉刷了。您真的会怀疑——’诸如此类。这封更好些。”慕肖森的指甲划过字行，“看完了？这一封。我完全猜不到！你得告诉我这意味着什么：我要么发疯了，

① 皮利尼亚克的故事被政治局“消灭”了。政治局下令对其《不灭的月亮的故事》进行彻底处理，刊登此故事的期刊被停止发行。在故事的结尾，一个小女孩从窗户望着月亮，试图吹灭它。

② 一九一八年，布尔什维克政府推倒了亚历山大三世的雕像，准备树立解放劳动者的雕像，但未能实施。直到一九三一年，该基座同周围的教堂一起被夷为平地。

③ 亚历山大二世（1818—1881），被称为“沙皇解放者”，在世时立法废除农奴制。

要么——”

翁町设法抽开自己的手指——盖子砰的一声关上，男爵的拖鞋便怒气冲冲地踏回扶手椅。诗人转身看见男爵正坐着，脸埋在手掌里。过了很久，两人都没说话。

“他们流亡者的写作摧毁了我。我坐下来编造关于莫斯科的被扫除者和先知[①]的故事时，我不知道有人竟能如此轻易地做到比慕肖森更慕肖森，并嘲笑那个褪色的、无害的谎言。我并不嫉妒他们，我只是悲哀，如一棵老树那般悲哀，它失去了所有的叶子，正在死去，被四周茂密而年轻的树林挤压。

“还是打住我们的抒情吧。我本可以继续修改稿子，但我受够了，我看到事实大致上已变成幻影，而幻影变为事实。包围那只实验蝙蝠的黑暗正震响几千个小铃铛；环绕那翅膀撞上细绳的每一次冲击的，环绕每个词、每一笔笔画的，是那暗中发笑的鸣响的空气。无论是醒着，还是在睡梦中，我都能听到。不，不。我受够了。开放那黑暗，让那只鸟自由吧——如果实验已经毁了，为什么还要折磨那只鸟？

“毫无疑问，你有点儿烦我了。你在想为什么要跑几百英里来看一个老倔强鬼，他对你、对他自己都毫无用处，为

① 暗指流亡的俄国哲学家别尔嘉耶夫。

什么——”

“要是您知道，亲爱的老师，您对我来说有多么重要，您就不会那样说!”

慕肖森挪正他的戒指，它快从他干瘪的指上滑落了，他仿佛对着一段记忆微笑。

“这一次，我并没有召唤你，是我的疾病发出召唤。没想到，终有这一天，我会像某些上了年纪的放荡女人，透过忏悔室的格栅袒露我的灵魂，我会让真相进入我的话语。你知道吗，我儿时最喜欢的书是一本德国的《奇迹和传说集》，据说是中世纪的一个圣无人写的。聪明又善良的圣无人，是我童年时第一个向其祷告的圣徒。在他关于不存在之物的五彩斑斓的故事里，一切都是不同的、别样的。当我——一个十岁男孩，企图重铸他的**别样**，努力地让我的同伴以及同学了解他的神秘的不存在之地，他们称我说谎。替圣无人辩护时，我遇到的不仅是嘲笑，还有拳头。不管怎么说，圣无人给了我百倍的回报：拿走一个世界时，他会给我一百个、一千个别的。你瞧，人们被骗夺了他们在世上的份额——他们所有人只有一份。可怜的灵魂被禁闭在他们唯一的世界里，然而，我在年轻时就被给予了一大堆的世界——只属于我的世界。在我的诸世界里，时间过得快些，空间更大些。

卢克莱修·卡鲁斯[①]曾问：如果一个投石者站在世界的边缘，抛出一块石头，它会落在哪里呢？是落在边界内，还是边界外？这个问题，我回答好几千次了，因为我的投石器总是射出存在者的界限。我栖于没有边界的想象的领域。对我来说，哲学家们的辩论是从彼此手中攫取真理，就像乞丐们为了一个硬币打架。那些不幸的家伙没有别的选择：如果万物等同于自身，如果过去无法被重塑，如果每一个对象都有一个客观意义，如果思维被套上认知的挽具，那么就没有出路了，除非借由真理。哦，对我来说，这些学者、统一者和探测者多么愚蠢啊。他们寻找‘多中的一’，找不到，然而我却发现了**‘一中的多’**。他们关紧意识的大门，而我将门向非存在大开，那才是一切。我退出存在的斗争（它只在黑暗贫乏的世界才有意义，因为那里缺乏足够的存在），以便加入**非存在的斗争**：我创造了尚未被创造的世界，点燃了熄灭的恒星，撕碎了旧的轨道，勾勒出宇宙的新路径；我并没有发现新的国家，噢，没有，我**发明**它们。经纬线划分出方格，在这棋盘上，幻影正对抗着事实，在这复杂的对抗游戏中，

① 卢克莱修·卡鲁斯（Lucretius Carus）：古罗马诗人。他在其《物性论》中写道：“如果有人旅行到最远的地方，跑到天的尽头，向前投射一支飞矛。你是宁愿认为这被用力投射出的飞矛向它被投去的目的地远远飞去，还是宁愿那里有一物能把它拦住？”

我特别爱那一时刻（棋手们用冒号标记），即轮到我走棋时，我用一个幻影扫走一个事实，用非存在代替存在。我的幻影始终会赢棋——每次都是，直到我偶然撞见这个国家：**不可说谎之国**。

“是的，我发现那黑白水域之间的方块[①]充满着无数的意义，它们中和了如此多的不可中和之处，延伸至如此广袤的距离，推动如此惊人的事实，连我的幻影也只能试着追赶了。是的，就是这个**谁也不能说谎的国家**！我永远都不会料到，那巨大的红色皇后会冲破我的卒子防线，扰乱整个棋局。我记得，那皇后几乎抵挡住了我所有棋子的攻击。最终，我的心在胜利中狂跳，我用一个卒子突袭，她就快出局了。然而还没等我的嘴唇咧出一丝笑意，便看到我的卒子突然变得无比巨大、满脸通红，它变成了刚刚被丢弃的皇后。这种事只能在梦里发生：被拖入这个噩梦，我紧抓着我那马竖起的鬃毛，来了一个“之”字形跳跃，再次将皇后踢出了棋盘。我听到她巨大的垛口跌倒在地，然而不知从哪里，她又冒出来，她那血淋淋的城垛高耸在子午线的网格上方。我王车易位，用车俘获了她；她再一次落地，再一次变成皇后。我暴怒，用我的象对着可恶的皇后斜向一击——没用！

① 或指苏联，北边是白海，南边是黑海。

然后，我就看到我的棋格空了，我的王被将军，而那个不可毁灭的红皇后还在那儿，跨在她那颗星的攻击线路上。我无子可走的时刻来临：我所有的幻影都被玩完了。但我并不想认输。在这场对抗里，考虑到我们下棋的规模，如果一个人无子可走了，他还可以走自己。我曾经这么做过——我当时抓住辫子把自己拔出那个圆丘沼泽。好吧——我将驱赶自己上阵，即将出局的棋手别无选择，我的脚不太稳固地站在地上。然而，我的计时器快停止了。时间到了。请离开我吧，我的朋友，如果你真是我的朋友。”

翁町抬起铅一般重的眼皮，然后起身。他寻索着告别的话，却找不到。但听男爵讲完这些，他不可能像没听到过似的离开。他环视这个房间：密密麻麻的书脊，镶着青铜边的钟面，可以啪嗒一声盖上的书桌，角落里摆着一个先前没注意到的土耳其烟斗架，上面放着一根没有冒烟的烟斗，旁边的椅子靠背上搭着一件从威斯敏斯特逃走的旧马甲，袖子耷拉到地板上。盯着它那起皱的肩胛，翁町惊叫：“什么！这么说你没有像报纸所说，把这件马甲送给莫斯科年轻的科学家?”

“我想留着自己用，”一声模棱两可的回答，“至于那个不能撒谎的国家的那位可怜的学者，不用担心。作为补偿，我已经将我的手稿寄给他了，如果他有一把剪刀和一瓶胶水，那他得到的手稿会帮他走上文学之路。”

主人和客人道别。走到门口时，翁町转身，看见从男爵压到前额的帽子下面探出一根灰白的、编得整整齐齐的长辫子。

吱吱作响的螺旋楼梯又让翁町缓慢的脚步旋转起来。

真相避开了那人

迈克尔·海因茨拉了拉缰绳，车轮停下。踏板，小车站磨损的台阶。翁町抬眼看了看挂在墙上的钟面，心想：那钟面轮盘里应该放一个比喻——不管你怎样转那些轮辐，边缘总保持静止。这想法在他脑海里引出一长串意象。与慕肖森会面总让他的思想跳动得更快、更活跃（不只是翁町才有这种感受），让他的想象力疯狂地滴答作响。随着车厢有节奏地咔嗒、摇晃，翁町的铅笔踉跄越过蓝色直线，在勾勒一首新诗时拒绝释放他的手指。火车逼近柏林，他找到了一个标题——对着椅背的演讲。这种灾难性的时刻甚至会发生在文字之船上，当灵魂吹响“全体就位”的哨声时，从四面八方，从上下颠簸的床铺，从紧闭的舱门后，甚至从漆黑的窗间镜里，被召唤的文字涌上纸页，一会儿升起，一会儿下沉，如风暴里的单桅船。翁町沉浸于创作中，错过了弗里德里希大街车站，他在莫阿比特站下了车，步行穿过城市，既没听见辚辚的车轮，也不闻人声喧哗，那些不与他的诗共鸣。

一直走到写着他的名字——恩斯特·翁町的房门前，这位诗人才想起他是谁，身在何处。

然后是一场深沉的睡眠，时钟转过九个小时。翁町把脚从床上甩下来，伸进鞋子，还没有来得及系紧鞋带，**昨天**就涌回他的脑海，抓住他现已恢复的意识。他的博登韦德之旅中的所有无可挽回的起起落落都浮现于眼前。“如果我是去给予帮助的，”这一想法让他痛苦，“那么为什么我沉默不语？沉默算什么帮助？”床边放着昨天的记录。盯着潦草的铅笔字迹，翁町一番苦笑，“我对着椅背滔滔不绝，为什么不对一个人开口？”然而写下的字行勾住了他的瞳孔，诗人没留意到他的词语仍在滔滔不绝，他被迫将手指再次按到纸页上，而这首诗的意志变成了他的意志。他又看到了想象中的大厅，里面一排排无尽的木头生灵渐次消失在远处，每一个的旁边——前后都有——皆为一个椅背，撑着四条腿，一动不动。诗人扫视着密集的队列，向那僵硬的椅背投掷词语，沉溺于对绝望的狂轰滥炸；他谈到所有需要变成词语的无声的思想，谈到失聪的贝多芬，他在一架已从琴簧上卸下琴弦的古钢琴上弹奏；他喜悦于不存在之听众的崇高热情，让他们成为另一些人的榜样，那另一些人羞于承认——无论从哪个角度接近他们——他们只是些双腿固定在地上的座椅靠背；他从一个诗节跃向另一个诗节，苦涩和愤怒让他涨红了脸，他写啊，写啊……然而，当一个抒情诗人并没有对你，而是对他的椅背说话时，你也不必越过他的肩膀向前看。

无论如何，直到黄昏到来，空气变成石墨的颜色时，那首诗的草稿才完成，铅笔释放了手指。翁町一整天都没有吃东西，他穿上外套走出去，来到夜色中的街道，推开走到的第一个啤酒屋的门。借助一把餐刀、一个叉子和一个下巴，这位饥肠辘辘的诗人迅速地消灭了一份德国烤蒜肠，卷心菜只剩下一股淡淡的卷心菜味，而煎鸡蛋则睁着黄澄澄的眼睛徒劳地乞求怜悯。最初的饥饿感减轻后，他伸手去够啤酒杯，把它拉向自己，他的手指突然抽回——在啤酒的表面，厚厚的玻璃杯壁上，小泡沫们正在膨胀、破裂，很像几年前介绍慕肖森与他相识的那些泡泡。现在，他的自我中心式的发作——文学史家称之为“灵感”——已消退，他那位被抛弃的朋友的形象走进他意识的核心，不肯退去。那一夜，翁町好不容易睡去之前，在热烫的枕头上翻来覆去。睡着后，他进入一个梦：一个低沉的天花板被成堆的书撑着，他身后传来安静的鸟的踱步声，翁町转身去看，是鸭掌上的一个水泡正偷偷摸摸地穿过写字桌；他想逃走，但是他的腿变成木头，被钉在地板上。他绝不能让那个 Ω 从后面升起——这一点他很确定——但他后面是一个后背，前面也是一个后背，周围全是。那个泡沫闪烁着微光扩张，开始膨胀，越胀越大，直到桌子、书本、天花板、整个房间以及翁町自己都被卷入泡沫，仍在扩大，直到……它爆裂——进入死亡。翁町更紧地闭上眼睛，看见……自己睁大眼睛躺在床上。透过窗格，是黎明。

一整天，翁町的不安在增长。无论拿起一张报纸，还是记下“真美”公司对他的最新指示，他都会心烦意乱地看到一个把脸埋进羊皮纸手掌的人，而他那根软塌塌的辫子正慢慢地伸长，仿佛预示着什么不可挽回的事。于是在从柏林前往汉诺威的夜行旅客中，恩斯特·翁町再次出现。

迈克尔·海因茨被敲门声和问话声吵醒，正如几天前他驾着乡下马车隆隆地驶出院子；翁町跳上脚踏板，车轮向博登韦德滚动。这一次，天又凉爽了些，翁町凝视着缓慢燃亮的黎明，听见池塘的冰板在马蹄下噼噼啪啪地破裂。接着，当那些晨雾中的风车举起长臂迎接嗒嗒的车轮时，一个意外的想法进入他脑子：如果上次男爵说的一切都是故弄玄虚，是他所有慕肖森式综合征最聪明、最古怪的异想天开，该怎么办呢？翁町想象着博登韦德的这位隐者大笑的面容，他很高兴自己蒙骗了他，让他信了不可信之事。翁町不再觉得冷，他的心跳得更快，但车轮还是滚动得那么慢。他失去耐心，向驾车人斜身：

“海因茨先生，能不能叫醒马儿？”

迈克尔轻抽一鞭，马车摇晃地进入岔路。一群受惊的鸭子在急促的马蹄中绝望地嘎嘎叫着蹦开。车轮下有什么东西断裂了。翁町回头看——是一只鸭子，显然它跑得太慢了：翅膀平躺在地上，不动的脖子仍伸在车辙两侧。海因茨加快速度，马车欢快地驶上高处，等翁町喊“停”时，马车已经在木桥上嘎嘎作响了。

晨雾已散，露出岸上的一群人，他们在注视一条缓慢前进的小船：船里坐着四个人，都拿着鱼叉，那些鱼叉时而放入水里，时而捞起，正在探查湖底。从那些旁观者中，翁町辨认出老管家弯驼的身影，他也正转向车轮的噪声，一认出来客，他立即竭尽所能地赶到桥边。翁町等不及了，跳下马车跑向老管家。

“发生不幸的事情了吗？告诉我！”

老人低下头说：“我的男爵主人两天前失踪了。我第一时间就吩咐所有仆人去找。我们搜索了房子、园子、森林，现在我们正搜这个湖，哪里都没有。”

翁町片刻失语。接着他说：“停下你们的搜索，没用的，进屋吧。”

翁町的声音里带着确信。老人照做了，失去主人两天了，他感到至少得有什么人发出点儿指令。小船回到停泊处，鱼叉被留在岸上，与此同时，马车驶向那幢房子。在路上，翁町知道了细节。

“你走之后，”老管家开始说，“什么都正常，但又不正常：男爵没吃午餐，还吩咐除非必要，不要打扰他。到了下午六点钟，我上楼去他的书房。在那个时刻，男爵通常会喝一杯莳萝利口酒。我将托盘放到桌子上，男爵像平时一样，坐在一把扶手椅里读一本书。我想问他要不要给他热一下午餐，但他示意我退下——”

“我得打断你，你碰巧记得男爵手里拿的是哪本书吗？”

“书脊是红色的；摩洛哥皮革，我觉得是；镀金边。它还在男爵的桌上，就像他离开时那样。问题是——”

“谢谢。请继续。”

“我走下楼梯，但没有去任何地方。我觉得男爵病了，或许随时会召唤我。房子里特别安静，我能清楚地听到他在书房里踱步的声音。随后脚步声消失了。我叫来弗里茨（我的孙子），告诉他守在楼梯底下，听候男爵的召唤。然后我就去做别的事，一件事接着一件；等我回来时，已经是夜里。‘男爵出书房了没有？’我问弗里茨。‘没有。’‘他叫人没有？’‘没有。’会发生什么事呢？弗里茨困得几乎睁不开眼了。我让他去床上睡觉，然后拉过一个凳子，坐下来听。没有脚步声。上面一点儿动静也没有。像那样过了一个小时，又过了一个小时。接近午夜时，我突然听到头顶上有响动，像一个小铃铛的叮铃声，然后就没声了。我想了想，或许是我的幻觉，或许不是。我爬上楼梯走近藏书房，敲了敲门，等着。没有动静。我推开一点儿门缝，‘男爵大人，您叫我了吗？’没有回答。于是我下决心走了进去：我看到屋里没人。扶手椅是空的；桌边放着一本合上的书——就是那本摩洛哥皮面装订的；莳萝利口酒杯是空的，掉到地上滚入桌子下面了；只有桌布的边缘轻微摇晃，好像有人的膝盖碰到了。我走到窗边——窗子关着。圣母啊，发生什么事了？我看看书架——全是书。或许男爵藏起来了，但是藏在哪里？另外，不论是我还是他都太老了，不会再玩孩子的捉迷藏游戏了。我唤醒弗里茨，我们上上下下找了个遍。然后我去问看门人：‘男爵出去了吗？’‘没有啊。’我们举着火把寻遍了整个花园。于是就这样开始了——我们已经找了两天了。告诉我，先生，一个人能在不离开房间的情况下离开房间吗？”

这时马车停在了庄园大门口，翁町省去了回答。他不等老管家就跳下马车，冲进房子。头发蓬乱、睡眼惺忪的弗里茨为他打开门，诗人经过一排镶着褪色金边的古旧画像，冲上引向书房的旋梯。他推开门，手中拿着帽子，大步跨入房间。每样东西都和以前一样。但并不是：那只钟寂静无声，显然是有人忘记给它上发条了。扶手椅的椅背是空的，男爵那件老马甲曾经悬荡在它的扶手上。那本摩洛哥皮革书册？是的，和管家说的一模一样，就在那儿——在桌边，在扶手椅够得着的地方。翁町走过去摸了摸皮革的一角。是的，就是这本。他的激动可能会暂时阻止他的手指，但别再浪费时间了——楼下一扇门关闭，脚步声临近。拿着书角，翁町打开书，开始翻阅：第三页——接着——第三十九页——再往后——第六十五、六十七页——找到了。他打开那一页时手指微颤，那个黑方框内的空白处**不再是空的了**：在中心，耸肩站着的，正是慕肖森男爵。

他穿着那件经典的马甲，辫子散乱。是真的，他的右臂边没有宝剑，不像一七八五年那版，他的头发不易察觉地变白了些。但看过这一版其他印刷本的读者会漫不经心地说："大概是时间的关系而褪色黯淡了吧。"无论如何，全世界再也找不到一个怪才会像诗人翁町那样想："这就是他的最后一步棋——他自己上了。"他意识到这些，一滴苦涩的泪珠在睫毛里胀痛。太过分了！他生气地皱眉，去抓一根铅笔，但祭文并没有出现。他在扶手椅上坐了一会儿，双臂放在扶手上，凝视他的朋友模糊而缩小的轮廓，他最终还是回到他的旧书中了。对翁町来说，那带有甜丝丝霉味的书页散发出永恒的气息。

突然，管家的脚步声临近，他似乎在迷宫里般，在走廊里徘徊了一阵。翁町得快点儿。他温柔恭敬地拿起书脊皮边，合上了摩洛哥封皮。然后，他手里拿着那本书，转身走向满是书脊的书架，思忖着该把这个摩洛哥皮革棺材放在哪里。放这里吧：在皮革和羊皮纸之间，在高雅庄重的亚当·斯密和《一千零一夜》的传说之间。他身后的门被推开。转过身，他看到管家。

“男爵不会再回来了，”翁町说，与管家擦肩而过，“因为他从未离开。”

老人步履蹒跚地跟在后面，希望得到一个更清楚、合理的回答，但是他既追不上答案，也追不上诗人。五分钟内，翁町就坐在了马车上，凝视迈克尔·海因茨的后背，后者不时用那根长鞭打着悦耳的哨音，加快马蹄的踢踏。马车轮子轧过半冻的地面，当翁町突然前倾碰触海因茨的肩膀时，马车已然跑到了桥边。

海因茨从车厢上转过身，看见旅客的膝盖上有一个打开的笔记本。他并没有表示惊讶。相反，他调整了一下挽具，然后坐下来抽烟，等着。这时，那文本的跳跃的灰色字母说着：

在这儿——在摩洛哥寿衣下面，
等候着活人的审判，
被展平入二维，他
曾经穿越世界的众墙——躺着

希罗尼穆斯·冯·慕肖森男爵。
就像真正的勇士，这个男人
从未逃避过真相：
他整个一生都在抵抗着她，
用魅影化解事实。
面对她的强攻，他
做出决断的一击，而真相
我做证，避开了那人。
为了他的灵魂，向圣无人祷告吧。

翁町放下笔记本，对马车夫示意：走吧。车轮辐条下，池塘上冻结的“冰玻璃”再次发出咔嚓声。

1927—1928

图书在版编目（CIP）数据

慕肖森男爵之归来/（俄罗斯）西吉茨蒙德·科尔扎诺夫斯基著；王一笑，冯冬译. — 南宁：广西科学技术出版社，2023.6

ISBN 978-7-5551-1969-2

Ⅰ.①慕…　Ⅱ.①西…　②王…　③冯…　Ⅲ.①长篇小说—俄罗斯—现代　Ⅳ.①I512.45

中国国家版本馆CIP数据核字（2023）第101932号

慕肖森男爵之归来

MUXIAOSEN NANJUE ZHI GUILAI

［俄］西吉茨蒙德·科尔扎诺夫斯基　著

王一笑　冯冬　译

策　　划：黄　鹏　　责任编辑：阎世景
责任校对：冯　靖　　助理编辑：冯雨云
装帧设计：黄　海　韦宇星　　责任印制：韦文印
营销编辑：刘珈沂

出 版 人：梁　志　　出版发行：广西科学技术出版社
社　　址：广西南宁市东葛路66号　　邮政编码：530023
网　　址：http://www.gxkjs.com　　编 辑 部：0771-5827326

印　　刷：广西民族印刷包装集团有限公司
开　　本：889mm × 1194mm　1/32　　字　　数：101千字
印　　张：5.5
版　　次：2023年6月第1版　　印　　次：2023年6月第1次印刷
书　　号：ISBN 978-7-5551-1969-2　　定　　价：49.80元

版权所有　侵权必究
质量服务承诺：如发现缺页、错页、倒装等印装质量问题，可直接向本社调换
联系电话：0771-5842790